안녕, 나의 우주

오시은 지음

바람의아이들

차례

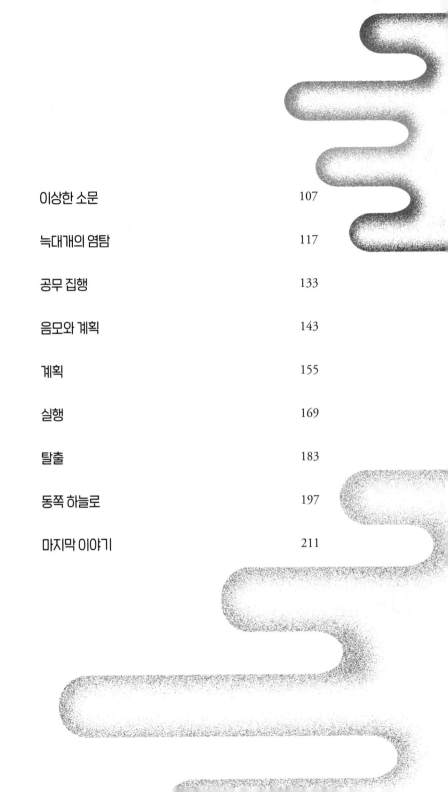

모든 일의 시작

아빠가 죽었다.

그런데 난 뭘 하고 있지?

난 아빠를 안고 있다.

아니, 이건 아빠가 아니다.

이딴 도자기에 든 게 아빠라고?

말도 안 된다.

아빠는 나보다 키도 크고, 똑똑하고, 자상하고, 그리고, 그리고…… 아, 모르겠다. 잘 생각나지 않는다. 모든 게 뒤죽박죽이다. 생각을 정리해야 한다.

그러니까 아빠를 마지막으로 본 게 언제더라?

맞다. 그저께 저녁이다. 아빠는 허겁지겁 카메라를 들고 집을 나섰다. 그때 난 밥을 먹었다. 한 끼 굶는다고 큰일 나는 것도 아닌데 아빠를 혼자 가게 내버려 뒀다. 내가 따라갔다면 이 꼴이 되지 않았을 텐데.

나는 도자기를 바짝 끌어안았다. 언젠가 펭귄에 대한 다큐멘터리를 본 적이 있다. 펭귄은 발등에 알을 올려놓고 눈바람을 맞았다. 나는 펭귄의 마음을 알 것 같다. 하지만 뭔가 이상하다. 아빠가 나를 품어야 하는 거 아닌가? 이게 꿈인가?

아니, 이제 정신 차리자!

이건 꿈이 아니고 영화나 드라마도 아니다. 머릿속이 엉망진창이지만 난 다 기억한다.

사고는 순식간에 벌어졌고 아무런 조짐도 없었다. 뒤통수로 날아온 공에 맞은 것처럼 갑작스럽고, 얼떨떨하고, 아팠다. 나는 그걸 하나도 틀리지 않게 몇 번이고 떠올릴 수 있었다.

그날의 풍경

그날 아침은 동풍이 불었다.

해가 뜨면서 날씨는 더웠고, 하늘과 바다가 닿은 곳까지 구름 한 점 없이 파랬다. 나는 아침부터 들이닥친 기철이와 만화책을 보며 뒹굴었다. 기철이는 섬에 와서 사귄 친구다. 기철이가 창밖을 보며 말했다.

"꼭 보석 같다. 올 엄마 한 바가지 퍼 주면 억수로 좋아하겠네."

바다 위에 반짝이는 햇빛을 보고 한 말이다. 나는 만화책을 던지는 것으로 응했고, 기철이는 보기 좋게 피했다. 가끔 부둣가에서 뱃고동 소리가 들렸고, 집 뒤로 난 오솔길에선 새들이 재잘댔다.

아빠가 점심으로 비빔국수를 해 줬고, 기철이가 제집으로 돌아간 뒤에는 이종격투기 방송을 봤다. UFC 경기인데 처음 보는 선수만 나와서 흥이 나지 않았다. 어느 순간 아빠가 창밖을 보며 말했다.

"이렇게 구름이 없으면⋯⋯."

그게 문제였다. 구름 한 점 없는 하늘 말이다. 해가 지기 시작하면서 아빠는 밖으로 나가고 싶어 안달이 났는데 꼭 열흘 동안 산책을 거른 강아지 같았다. 아빠가 어둑해지는 창밖을 보며 보챘다.

"멀었어?"

"겨우 두 숟갈 먹었어요."

"안 되겠다. 나 먼저 갈 테니 천천히 먹고 와."

3초에 한 번꼴로 창밖을 내다보던 아빠는 카메라와 망원렌즈를 챙겨 들었다. 그게 다 별 때문이다. 그렇다. 아빠는 천문학자다. 우주가 얼마나 좋으면 아들 이름도 '우주인'으로 지었을까 싶을 정도로 우주와 별을 사랑했다. 그러니까 나는 성이 '우', 이름이 '주인'이다. 붙여 부르면 '우주인'이 되는 바람에 크는 내내 놀림 받은 얘기가 차고 넘쳤다. 나는 문을 나서는 아빠를 보며 콩자반을 입에 넣었다.

세상이 뒤집히는 데는 한 시간도 걸리지 않았다.

설거지를 막 시작했을 때 누군가 현관문을 사납게 두들겼고, 나는 물이 뚝뚝 떨어지는 고무장갑을 아무렇게나 팽개치고 방문자의 트럭에 올랐다. 방파제에 쌓아 올린 테트라포드 구멍에서 아빠가 발견됐기 때문이다. 내가 할 수 있는 건 룸미러에 매달려 미친 듯 대롱대는 드림캐처에 맞춰 주문을 외는 것뿐이었다.

'괜찮을 거야, 괜찮을 거야, 괜찮을 거야.'

하지만 모든 게 반대였다. 방파제 위로 끌어 올려진 아빠는 아무렇게나 말아 놓은 천 때문에 얼굴이 반밖에 보이지 않았다. 천을 흥건하게 적신 게 피라는 건 나중에, 아빠를 밝은 곳으로 옮긴 뒤에야 알았다. 아빠는 들것에 누운 채로 면사무소 행정선으로 옮겨졌고, 나도 떠밀리듯 배에 올랐다. 덜덜 떨리는 내 어깨에 누군가 손을 얹었지만 소용없었다. 그래도 괜찮을 줄 알았다. 그때까지는.

소식을 듣고 온 고모는 나보다 많이 울었다. 나중엔 눈이 얼마나 부었는지 딴사람처럼 보일 정도였다. 관이 불 속으로 들어갈 때 고모는 기절했고, 나는 귀에서 고무줄이 웅웅 대는 것 같은 소리 때문에 머리가 부풀어 오르는 기분이었다. 머리가 터질 것처럼 아팠다.

고모는 아빠의 여동생이다. 그리고 이제 내게 남은 유일한 피붙이다. 엄마는 내가 세 살 꼬맹이일 때 죽었다. 몹쓸 병 때문이라고 했다. 너무 어렸을 때라 그런지 엄마에 대한 기억은 별로 없다. 고모는 엄마를 대신해 나를 보살폈다. 그러다 내가 중학교에 들어갈 즈음 결혼해서 집을 나갔다.

고모를 따라 온 고모부는 손바닥으로 시멘트 바닥을 철썩철썩 때리며 울부짖었다. 깔끔하기로 둘째가라면 서러워하는 고모부가 더

러운 손으로 눈물과 콧물을 닦는 걸 보며, 저럴 리 없는데 생각할 즈음 내 품에 하얀 도자기가 안겼다. 나는 고모가 갓 낳은 사촌 동생을 안겨 줄 때처럼 바짝 얼어붙었다. 품에 안은 걸 떨어뜨리면 어쩌나 싶어 진땀이 난 것도 그때랑 같았다.

갑자기 도자기가 두근거렸다. 나는 두근대는 것이 내 심장이 아니라 도자기 속에 든 다른 심장이면 어쩌나 걱정됐고, 정말 그럴까 봐 무서웠다.

고모가 콧물을 훌쩍이며 중얼거렸다.

"우리 주인이 불쌍해서 어떡해……."

고모부가 말했다.

"어차피 정리하고 올라가야 하니까 서울 근처 납골당으로 하자."

나는 손등으로 눈가를 문지르고 고모를 봤다. 고모는 아무 말도 하지 않았다. 고모부가 재촉했다.

"내가 알아볼게."

그러곤 가시 돋친 소리로 덧붙였다.

"젠장. 형님은 이딴 섬엔 왜 들어왔대."

나도 모르게 팔뚝에 힘이 들어갔다. 아빠가 들으면 저렇게 말하는 고모부를 혼내 줬을 거다. 그러면 고모부는 꼼짝 못 한 채 뒷머리만 긁적였을 텐데. 어쩌자고 아빠는 이런 모습을 하고…… 튀는 걸 좋아하지도 않으면서…….

그때 누군가 도자기를 넣을 상자를 가져왔고, 매끈한 도자기는 내 품을 떠나 상자 속으로 들어갔다. 그렇게 아빠는 며칠 새 두 번이나 나무 상자에 갇혔다. 나도 어딘가에 갇힌 기분이다.

더부살이

"섬에 남…… 고…… 싶…… 어…… 스…… 스…….”

아빠가 마지막으로 했던 말이다. 간이침대에 누운 아빠는 말을 끝맺기도 전에 사람들에게 둘러싸여 응급실로 갔다. 그 바람에 나는 아빠 손을 놓쳤고, 어느 순간 문밖에 혼자 남겨졌다. 나중에 누군가 나를 다시 아빠한테 데려갔는데, 그게 의사였는지 간호사였는지 아니면 다른 사람이었는지 기억나지 않는다. 어쨌든 다시 만난 아빠는 눈을 감고 있었다. 아빠 손을 잡았는데 아빠는 힘을 주지 않았다. 그냥 잠을 자는 거 같았다. 그런데 누군가 아빠가 돌아가셨다고 말했다.

우리는 장례식을 마치고 곡옥도로 돌아왔다. 하지만 당분간만이다. 아빠의 유골과 위패는 집 뒤에 있는 죽림사 명부전에 임시로 두기로 했다. 고모부는 납골당을 알아본다며 먼저 올라갔는데 섬에 남겠다던 아빠의 유언을 지킬 뜻이 없었다. 그건 나도 마찬가지였다.

며칠 만에 돌아온 집은 그대로였다.

싱크대에는 설거지하다 만 그릇이 쌓여 있고, 반만 뒤집힌 고무장갑은 바닥에 한 짝, 나머지 한 짝은 싱크대에 걸쳐져 있었다. 나는 바닥에 떨어진 고무장갑을 주워 뒤집었다. 그리고 아빠가 시키던 대로 고무장갑의 고리를 싱크대 손잡이에 걸려다가 움켜쥐었다. 나는 고무장갑을 쓰레기통에 집어 던졌다. 쓰레기통이 기우뚱 기울었지만 넘어지지는 않았다. 시간이 멈춘 것처럼 모든 게 그대로다. 그런데 아빠만 없다.

등 뒤에서 고모 목소리가 들렸다.

"정리되는 대로 떠나자."

맞다. 못다 치운 그릇이나 뒤집어진 고무장갑은 이제 신경 쓰지 않아도 된다. 집이 박제되든 말든 그것도 신경 쓸 필요 없다. 아빠가 없는 곳에서 살 이유는 하나도 없으며, 이딴 섬에 아빠를 혼자 내버려 두지도 않을 거다.

돌이켜 보면 진짜 시작은 작년 여름부터였다. 어느 날 아빠가 말했다.

"주인아, 끝내주는 곳을 발견했다."

그 말이 있고 얼마 뒤 우리는 섬으로 이사 왔다. 마침 다니던 학교에서 정학 처분을 받은 상태라 핑계도 좋았다. 반에서 은따인 녀석이 내 가방에 만화책만 들었다는 걸 담임한테 일렀고, 그 덕에 한정판 만화책까지 몽땅 빼앗겼다. 눈두덩에 멍이 든 녀석은 나를 학교 폭력으로 신고했고, 나는 녀석이 은따를 당한 것까지 뒤집어썼다. 학교로 불려 온 아빠가 조선 시대 왕에게 하듯 녀석에게 사과하는 바람에 할 말도 잊어버렸다.

교장실을 나온 아빠가 잘됐다는 얼굴로 "섬으로 가자"고 하지 않았다면 나는 이곳에 오지 않았을 거다. 하지만 그 전에, 만화책을 학교에 가져가지 않았다면, 녀석과 몸싸움을 벌이지 않았다면, 그래서 아빠가 고개 숙이는 일이 없었다면, 그즈음 아빠가 끝내주는 섬을 찾지 않았다면, 그중에 하나라도 없었다면 우리는 섬으로 오지 않았을 거다.

다시 생각하니 지난 일들이 모두 쓰레기 같다. 더 쓰레기 같은 기분이 들지 않으려면 섬을 떠나는 게 답이다. 나는 이제야 내가 할 일을 깨달은 기분이다.

유언? 그런 건 개나 물어 가라지.

절에 다녀오니 고모가 가방을 내밀었다.

"서울 가자."

"벌써? 아빠는?"

"아빠는 나중에."

"싫어. 아빠도 같이 가."

"조금 있으면 막배 나간대. 원래는 모레쯤 나갈 생각이었는데 오늘 밤에 풍랑주의보 떨어지면 배가 며칠 묶인대. 그러니까 지금은 고모랑 가고, 아빠는 다음에……."

나는 가방을 도로 방에 갖다 놓았다.

"집에 있을게."

"주인아!"

고모의 목소리가 더운 공기를 흔들었다.

"나까지 가 버리면 아빠가 혼자 있잖아."

고모 눈에서 눈물이 툭 떨어졌다. 나는 어금니를 물었다.

"기철이네 있을게."

이건 그냥 해 본 말이다. 고모를 안심시키기 위해. 그런데 고모는 기철이네 엄마한테 허락부터 받자며 앞장서라고 했다. 솔직히 기철이네 가기 싫었다. 하지만 고모한테 기철이와 싸웠다는 얘기를 할 수는 없었다. 나는 될 대로 되라는 심정으로 먼저 현관을 나섰다.

그때 웬 남자가 대문을 기웃거리다 사라지는 게 보였다. 나는 서둘러 대문 밖으로 나갔다. 하지만 그새 남자는 언덕 아래까지 내려가 있었다.

'축지법?'

자세히 보니 키가 엄청나게 컸다.

장례식을 마치고 섬으로 오던 날도 비슷한 사람을 본 기억이 났다. 그 사람은 나와 눈이 마주치자 허둥지둥 눈길을 피했다. 하지만 이상할 건 없었다. 내가 유골함을 안고 있는 걸 본 사람은 모두 비슷한 반응을 보였기 때문이다.

나는 등 뒤에서 울리는 고모의 구둣발 소리를 들으며 성큼성큼 걸었다.

내리막길이 끝나는 곳에는 주홍색과 파란색 지붕이 즐비했다. 지붕들 아래로 펼쳐진 좁은 골목은 포구로 이어졌는데 횟집이 늘어선 포구에는 배들이 끊임없이 들락거렸다. 포구의 왁자한 소음을 뚫고 가는 동안 내가 이곳에서 얼마나 이질적인지를 생각했다.

이사 온 첫날 짐을 옮겨 주던, 작달막한 키에 온몸이 구릿빛으로 번들거린, 하지만 희끗희끗한 머리와 얼굴을 종횡무진 가로지른 주름살로 보아 할아버지가 분명한 남자의 말에 따르면, 나는 멋모르는 핏덩이에 불과했다. 내가 믿음직스럽지 못한 이유는 더 있다. 아빠 역시 섬사람이 아니라는 거다. 게다가 아빠는 먹고사는 일과는 거리가 멀어 보이는 별에 관심을 가졌다는 거다.

골목 모퉁이를 도는데 생선 냄새와 물비린내가 끼쳐 왔다. 아빠는 그 냄새가 없으면 섬이 죽은 거라고 했다. 나는 섬 공기가 몸에 들어오지 못하도록 숨을 참았다.

'이딴 섬이 뭐가 좋다고.'

걷다 보니 기철이네 집 앞이었다.

"아이고, 주인이 왔나?"

아줌마는 평상에 펼쳐 놓은 생선 소쿠리를 치우느라 바빴다.

"여 온나, 퍼뜩."

나는 꾸벅 인사를 하고 아줌마가 손바닥으로 쓸어 놓은 평상 한복판 대신 가장자리에 엉덩이를 걸쳤다. 고모는 아줌마에게 사정을 얘기하고 마지막으로 이렇게 말했다.

"폐를 끼쳐서 죄송해요."

아줌마가 손사래를 쳤다.

"아니라예. 기철이캉 내캉 둘만 살아가 적적했는데 잘됐지예. 주인이 걱정 말고 일 잘 보고 오이소."

나는 어른들의 대화를 건성으로 들으며 집 안을 살폈다. 기철이는 보이지 않았다.

장례를 치르고 온 날 기철이가 나를 보러 왔다.

"내캉 인사도 안 하고 갈라 했나?"

"……."

"내도 겪어 봐서 안다. 그래도 쪼매만 지나면 괜않다. 처음엔 따라 죽을 것처럼 힘들지만서도 밥도 묵고, 잠도 자고 그렇더라. 그라니깐······."

나는 주먹을 날렸고, 기철이는 바닥에 너부러졌다.

"이제 너처럼 되니깐 좋냐?"

기철이가 뺨을 문지르며 일어났다.

"니 무슨 말을 그리하노, 친구 사이에."

"그딴 거 필요 없어, 아빠도 없는 거지새끼 주제에."

기철이 얼굴이 일그러졌다. 내가 돌았나 싶었지만 되돌리고 싶지 않았다. 나는 시한폭탄이 된 기분이었다. 건드리기만 하면 터지는 시한폭탄. 진짜로 핵폭탄이 터져서 세상이 망해 버리면 좋을 거 같았다. 그런데 기철이 말이 맞다. 나는 장례를 치르는 내내 잘 먹고, 잘 자고, 가끔 게임 생각도 했다. 이벤트 기간이라 남은 레벨을 깨면 새 아이템을 얻을 수 있는데······ 하다가 정신이 들었고, 그런 생각을 한 내가 싫었다.

생각에 빠진 사이, 담장 너머로 덥수룩한 머리가 나타났다.

"이놈의 자슥, 나가지 말라 캤는데 어데 갔다 오노?"

대문을 들어선 기철이는 핀잔을 듣는 둥 마는 둥 하며 고모에게 고개를 숙였다. 고모가 기철이 손을 덥석 잡아끌었다.

"기철아, 우리 주인이 좀 부탁해."

나는 자리에서 벌떡 일어났다.

"내가 어린애야?"

아줌마가 웃음을 터뜨렸다.

"하머, 니 말이 맞다. 얼라가 아이지. 그란데 고모 말도 맞다. 코밑이 까뭇까뭇한 사내놈들은 마카 고삐 풀린 망아지인 기라. 그라니깐 걱정이 되는 기라."

녀석은 어른들 눈치를 보며 눈알을 부라렸다. 나도 질세라 눈에 힘을 줬다.

선착장에서 배를 타기 전 고모가 말했다.

"잘 지내야 해. 금방 올게."

나는 고개를 끄덕였다.

고모를 태운 고속 페리는 파란 바다를 하얗고 긴 물거품으로 갈라 놓으며 멀어졌다. 그때 이상한 기분이 들었다. 나에게 엄청난 일이 벌어졌다는 실감 같은 거랄까. 나는 진짜 혼자가 됐다.

사람이 죽는다는 걸 모르지 않았다. 뉴스에서는 날마다 사람이 죽었다는 소식을 전했고, 섬에 온 뒤로는 아랫말 할아버지의 장례를 보기도 했다. 수많은 부고를 들었지만 세상은 잘만 돌아갔고, 아무 일 없다는 듯 일상을 되찾았다.

하지만 어떻게 그럴 수 있지? 누군가 죽었는데 어떻게 아무렇지 않을 수 있지?

그때 그 남자를 세 번째로 봤다. 남자를 알아본 건 큰 키 때문이다. 선착장에서 한참 떨어진 곳에 선 남자는 내 쪽을 바라봤다. 너무 멀어서 표정까지는 알 수 없었다. 어쩌면 남자는 내가 아니라 내 뒤의 바다를 보는지도 모른다. 하지만 나는 남자가 나를 본다고 느꼈다. 가까이 가서 말을 걸어 볼까 하다 관뒀다. 지금은 한가로운 짓을 할 때가 아니었다. 엄청난 일이 벌어졌는데 평범하게 지내는 건 아빠한테 미안했다.

저녁밥을 먹자마자 기철이가 말했다.

"이따 내 좀 보자."

그러면서 녀석은 마당에 침까지 뱉었다.

'건달 나셨네.'

하지만 가슴이 벌렁거렸다. 기철이는 허연 피부에 비쩍 마른 나하고는 완전 딴판이다. 딱 벌어진 어깨와 다부진 근육을 가진 기철이는 나를 묵사발로 만들고도 남을 거다.

기철이 방과 내 방은 아줌마가 있는 안방을 마주 보고 있었다. 안방에서 TV 소리와 아줌마 웃음소리가 새어 나왔다. 하지만 나는 가시밭에 떨어진 새끼 고양이처럼 방구석을 헤맸다. 사나운 기철이 눈빛이 얹힌 밥처럼 가슴을 콱 막았고, 방은 아마존 밀림처럼 낯설었다.

우발적 사고

"인나라."

으르렁거리는 소리에 눈을 떴다.

"퍼뜩!"

눈을 몇 번 껌벅이자 기철이가 보였다. 잠이 확 달아났다. 기철이가 낮게 으르렁댔다.

"따라온나."

녀석은 미닫이문을 조심조심 열고 나갔다. 나는 엉거주춤 일어나 기철이를 따라갔다.

섬은 낮과 밤의 풍경이 180도 달랐다. 도시는 늦은 밤에도 빛이 환하지만 섬은 밤 9시만 넘어도 불 켜진 곳을 찾기 힘들었다.

포구에 묶인 배가 이리저리 흔들리는 걸 보니 팔뚝에 소름이 돋았다. 보이지도 않는 귀신이 배에 걸터앉아 시소 놀이를 하는 모습이 머릿속에 그려졌던 거다. 풍랑주의보가 발령된다던 고모 말이 떠올랐다. 그 말이 사실이라는 걸 증명하듯 바람은 거셌고, 내 귀에는 바람 소리가 뒤쫓아 오는 발소리처럼 들렸다. 나는 자꾸 고개를 돌려 뒤를 확인했다. 컴컴한 어둠만 보였다. 내가 환청 같은 발소리에 오금을 저리는 동안 기철이는 아랑곳하지 않고 바람을 헤쳐 나갔다.

"뭐 하노? 안 오고."

'미친놈. 하필이면 이런 밤에.'

하지만 나라도 이랬을 거다.

'아빠도 없는 거지새끼라니……'

어쩌자고 그런 말을 했을까?

섬으로 이사 오던 날, 배에서 내릴 때 처음 눈이 마주친 게 기철이다. 우리는 한눈에 서로를 알아봤다. 나는 기철이가 유치한 놀이를 즐기는 중딩이 아니라는 걸 알았고, 기철이 역시 내가 그런 것과는 거리가 멀다는 걸 눈치챘다. 기철이의 팔뚝과 장딴지 근육은 운동으로 생긴 게 아니었다. 순전히 노동으로 다져진 근육이었다. 내 눈에 기철이는 진짜 사나이처럼 보였고, 기철이는 내 만화책에 영혼이라도 팔 듯 열광했다. 기철이가 우리 집에 처음 와서 한 일은 2박 3일

동안 300권 넘는 만화책을 모조리 읽어 치운 거다. 경쟁하듯 만화책을 본 뒤로 우리는 신발짝처럼 붙어 다녔다. 어슬렁어슬렁 걷거나 별말 없이 뒹구는 우리를 보고 아빠는 종종 혀를 찼다.

"쯧쯧, 애늙은이 같은 놈들."

하지만 진짜 애늙은이는 기철이다. 녀석이 형처럼 느껴진 건 뜬금없는 고백을 들었을 때다.

"내가 열 살 때, 고기잡이 갔다가 마 갔뿌다."

기철이는 아빠의 시신도 찾지 못한 채 장례를 치렀다고 했다. 하지만 기철이는 아빠를 대신할 물건을 갖고 있었다.

"니한테만 보이 주께."

기철이를 따라 절벽에 있는 동굴로 간 건 그때가 처음이다. 포구 앞에 있는 야트막한 산등성을 넘어가면 반으로 뚝 잘라 놓은 것 같은 절벽이 나오고, 바위를 한참 오르내리다 보면 절벽 사이로 자그마한 길이 나타났다. 동굴은 그 길로도 한참 들어가야 했다. 천장이 낮은 동굴은 허리를 숙여야 했고 랜턴 없이는 아무것도 보이지 않을 만큼 어두웠다.

"여는 아무도 모른다."

나는 동굴에 들어가기 전부터 흥분했다. 기철이가 이토록 소중히 보관하고 있다면 굉장한 보물일 게 틀림없었기 때문이다. 그래서 기철이가 랜턴으로 부서진 판자를 비췄을 때, 솔직히 실망스러웠다.

"이게 뭐야?"

"내가 바다에서 건져가 이리로 가져왔다."

기철이가 랜턴으로 판자에 적힌 글자를 비췄다.

"은하호."

내가 글씨를 읽자 기철이가 말했다.

"우리 아빠 배다."

그러니까 나무판자는 기철이 아빠가 타고 나간 배의 파편이었다.

"아빠가 배에 처음 태워 준 날 말하드라. 야가 내 동생이라고."

기철이는 판자가 진짜 동생이라도 되는 양 살살 어루만졌다. 기철이의 꿈은 자기 배를 갖는 거다. 물론 배의 이름은 '은하호'가 될 터다. 그 배를 타고 자기 아빠가 그랬던 것처럼 먼 바다로 나가는 게 기철이 꿈이다.

"어부가 되고 싶은 거야?"

기철이는 고개를 저었다.

"꼭 그란 건 아이다. 그냥 내 배를 타고 바다로 나가고 싶은 기다."

나는 고개를 끄덕였지만 진짜로 이해한 건 아니었다. 아빠가 바다에서 죽었는데 그 배와 똑같은 이름의 배를 타겠다는 건 아빠를 따라 죽겠다는 말로 들렸다. 아줌마도 나처럼 생각한 게 분명했다. 아줌마는 기철이가 배 근처에 갔다는 소리만 들어도 펄쩍 뛰었다.

섬으로 이사 오고 얼마 되지 않았을 때, 우리는 아빠를 따라 바다

낚시를 갔다. 배를 타고 먼 바다로 나간 우리는 돌아오자마자 창피할 만큼 혼쭐이 났다. 아줌마는 방 쓰는 빗자루를 거꾸로 잡고 기철이를 두들겨 팼다.

"니 정신이 있나 없나? 느그 아부지가 우째 죽었는지 아나 모르나?"

기철이는 딱딱한 나무 손잡이에 맞으면서도 '아' 소리 한 번 내지 않았다. 보다 못한 아빠가 기철이 대신 빌었다.

"아주머니, 제가 잘못했으니깐 화 푸세요."

아줌마 목소리가 더 커졌다.

"와 이럽니꺼? 남편 잃은 년이 자식새끼 안 놓치려고 그카는 거니까 상관 마이소."

나는 어른들이 입씨름하는 사이 기철이를 잡아끌었다. 기철이는 동굴이 있는 절벽에 다다라서야 참았던 울음을 토했다. 나는 멀찌감치 떨어진 곳에서 기철이의 울음이 잦아들길 기다렸다.

녀석의 등만 보고 왔는데 어느덧 그 절벽이다.

불빛 하나 없이 용케 찾아왔다 싶었는데 다시 보니 기철이 손에 랜턴이 들려 있었다. 나는 녀석의 치밀함에 혀를 내둘렀다. 그사이 바람은 온데간데없고 희뿌연 해무가 우리를 둘러쌌다. 해무는 바람이 많은 곡옥도에선 좀처럼 볼 수 없는 현상이다. 정박한 배를 흔들

정도의 풍랑주의보라면 해무가 생겨도 금세 흩어져야 했다. 하지만 우리를 둘러싼 해무는 어쩐 일인지 점점 짙어졌다. 기철이는 바닥에 널린 자갈을 발로 비볐다.

"니, 다시 함 씨부려 봐라."

"뭐, 뭘?"

"다시 해 보라카이."

"생각…… 안 나."

"쳇, 그란다고 뱉은 말이 없던 기 되나? 사과해라."

나는 녀석이 사과 운운하는 게 거슬렸다. 기철이는 내가 어떤 상황인지 훤히 알고 있다.

"싫어."

"이 새끼, 죽고 싶나?"

녀석이 주먹을 쥐었다 폈다 했다. 나는 얼굴을 들이밀었다.

"때려."

기철이는 주먹을 추켜올렸지만 휘두르지 않았다.

"겁쟁이 새끼."

"머? 겁쟁이?"

"엄마 무서워서 배도 못 타는 주제에."

녀석의 얼굴이 일그러졌다.

"틀렸다. 진짜 겁쟁이는 니다."

"뭐?"

"니야말로 아부지가 죽은 게 무서버가 섬을 떠나려는 거 아이가? 그기 진짜 겁쟁이인 기라."

"이 새끼가……."

우리는 둘 다 유치했다. 하지만 유치함이 몸싸움을 위한 핑계라는 것 또한 알았다. 나는 기철이를 들이받았고, 기철이는 휘청거리면서도 내게 주먹을 날렸다. 눈에서 불이 번쩍했다.

'아, 씨…….'

생각보다 아팠다. 하지만 이상하리만치 마음이 편했다. 나는 다시 기철이에게 달려들었고, 녀석의 주먹은 내 배에 꽂혔다. 해무가 점점 짙어진 탓에 우리는 수증기로 가득 찬 목욕탕에서 싸움하는 꼴이 됐다. 목욕탕과 다른 점이 있다면 후덥지근하지 않고 서늘하다는 거다. 기철이가 숨을 몰아쉬며 손을 내저었다.

"인자 고마해라."

나는 어림없다는 듯 기철이 가슴팍에 오른발을 날렸고, 기철이는 슬쩍 피하며 나를 떠밀었다. 역시 녀석은 힘이 장사다. 나는 몸이 붕 뜬 채로 날아갔고 그대로 뭔가에 부딪혔다.

"푹."

내가 바닥에 떨어졌다면 다른 소리가 났을 거다. 나는 자갈밭에 떨어지는 대신 뭔가에 부딪혔고 그걸 그대로 깔고 앉았다.

"괜안나?"

기철이는 내가 낸 소리라고 믿는 눈치다.

"어…… 어?"

"와 이라노? 얼빠진 사람 맹키로."

나는 기철이의 바짓가랑이를 붙잡고 일어났다.

"여, 여기 뭐가 있어."

"뭐라카노?"

"여기 뭐가 있다니깐."

내가 내지른 소리에 기철이가 랜턴을 가지러 뛰어갔다. 뿌연 해무가 기철이를 날름 삼키는 모습이 공포 영화 같았다. 잠시 뒤 기철이가 랜턴을 비추며 다가왔다. 랜턴에서 쏟아진 빛이 해무를 뚫고 바닥을 비추자 길쭉한 포대가 나타났다. 처음엔 분명히 그렇게 보였다. 조심스레 포대를 확인하던 우리는 뒤로 넘어져 엉덩방아를 찧었다. 그건 포대가 아니라 사람이었다.

"뭐꼬, 이게?"

내 심장이 빠르게 뛰었다.

"주, 죽었나?"

기철이가 펄쩍 뛰었다.

"그런 말 하지 마라. 재수 없게시리."

"하지만 얼굴이 파랗잖아."

정말 그랬다. 머리칼 사이로 드러난 얼굴은 파란 물감을 뒤집어썼다고 해도 믿을 정도다. 옷 밖으로 드러난 팔다리 역시 푸르뎅뎅하긴 마찬가지다. 기철이가 내 팔을 잡아당겼다.

"가자."

"어?"

"가자고."

기철이가 내 멱살을 잡았다.

"오늘 밤에 니캉 내캉 여기 없었던 기라. 알았제?"

"하지만……."

"빙시야, 우리 둘 다 살인자로 몰릴지도 모른다카이. 니 그리되고 싶나? 저리 새파란 걸 보면 죽은 지 한참 된 기라. 니캉 부딪혀서 저리된 게 아이라고. 그런데 다 뒤집어쓸 기가?"

나는 도리질을 쳤다. 예전 학교에서 주먹 한번 휘두른 덕에 뒤집어쓴 죄로도 억울함이 차고 넘쳤다. 기철이는 랜턴을 끄고 내 손목을 잡아당겼다. 등 뒤에서 돌멩이 사이를 들고 나는 파도가 '다르르륵' 소리를 내며 쫓아왔다. 마치 우리가 한 짓을 다 안다고 속삭이기라도 하듯.

절벽을 벗어나자 해무는 감쪽같이 사라지고 포구를 점령한 바람은 여전히 배들을 괴롭히고 있었다. 배에 꽂힌 깃발들이 맥을 못 추고 몸부림치는 걸 보고 있자니 꿈을 꾼 거 같았다. 사나운 바람과 구름 같은 해무가 동시에 있는 게 어떻게 가능한지 모르겠다. 작은 섬에서 일어날 수 있는 날씨치고는 참으로 기이했다.

어쨌거나 우리는 도둑처럼 그늘로만 걸어서 집으로 돌아왔다. 기철이는 나를 방으로 밀어 넣으며 한 번 더 다짐을 줬다.

"니, 마음 단디 묵어라. 우리는 오늘 밤에 밖에 안 나갔다. 맞제?"

나는 어린 동생처럼 고개를 끄덕였다.

방문이 닫히자 여태 낯설고 싫던 방이 달라 보였다. 세상에서 내가 있을 유일한 곳이며 믿음직스러운 방이었다. 나는 벽에 등을 대고 주저앉았다. 옆방에서 기철이가 욕설을 중얼대는 소리가 들렸다. 나는 손으로 머리칼을 움켜잡았다. 해변에 두고 온 남자의 모습이 머릿속에서 사라지지 않았다. 그 모습이 시멘트 바닥에 누워 있던 아빠랑 자꾸 겹쳐졌다.

현장 검증

아침밥을 먹고 아줌마가 말했다.

"내는 공판장에 일감 들어 왔다카이 퍼뜩 가 볼란다."

아줌마는 우리를 돌아보며 물었다.

"느그들 어젯밤에 뭐 했노?"

기철이가 놀란 토끼 눈으로 더듬거렸다.

"뭐, 뭐 하긴. 그, 그냥 일찍 잤다. 맞제?"

나는 바삐 고개를 끄덕였다.

아줌마의 눈이 가늘어졌다. 기철이가 상 위에 숟가락을 '탁' 소리 나게 내려놓았다.

"안 늦나?"

"아, 맞다!"

아줌마는 작업용 장갑을 챙겨 들고 대문을 나섰다. 골목을 걷는 아줌마 발소리가 멀어지자 내가 말했다.

"가 보자."

"머?"

"그 사람 살아 있을지도 몰라."

"어젯밤에 한 말 잊아뺐나? 니캉 내캉 거 없었다니까!"

"나 혼자라도 갔다 올게."

"이기 미친나. 우린 이미 한배를 탔다. 그라니까 행동도 같이해야 된다. 정신 차리라, 인마야."

나는 대꾸하는 대신 자리에서 일어섰다. 기철이가 소리쳤다.

"야, 인마."

마루를 내려와 신발을 신고는 앞만 보고 달렸다. 등 뒤에서 씩씩 대는 기철이 숨소리가 따라왔다. 나는 하마터면 골목에서 유모차를 미는 할머니와 부딪힐 뻔했다. 다행히도 유모차에는 아기 대신 푸성 귀가 담겨 있었다. 달팽이를 닮은 할머니는 쭈글쭈글한 입술을 오물 거리며 뭐라 했는데 안 좋은 말이 분명했다.

죽어라 달렸더니 어느새 선착장까지 왔다. 선착장 공터에는 아저 씨들이 줄 맞춰 앉아 그물을 손질하고 있었다. 거기서 나는 기철이에 게 덜미를 잡혔다. 그물을 손에 쥔 아저씨가 우리를 보고 소리쳤다.

"느그들 싸우나?"

기철이가 금세 낯빛을 바꿨다.

"아니라예, 인마랑 운동 갑니더."

아저씨가 입술에 달린 담배를 옮겨 물며 말했다.

"방학인데 부지런하구마."

기철이는 진짜 운동이라도 하는 것처럼 팔을 휘휘 돌렸다. 그리고 절벽 쪽으로 가는 나를 따라오며 윽박질렀다.

"인자 별수 읎다. 그냥 갔다 오자."

절벽을 돌아 한참을 가니 자갈밭이 보였다. 포대 자루를 닮은 것도 여전히 거기 있었다. 나는 기철이를 돌아봤고, 녀석은 겁에 질린 얼굴로 주위를 살폈다.

"뛰지 말고 천천히 걸어라. 알긋나?"

우리는 최대한 느릿느릿 자갈밭으로 갔다. 어쩌면 헛것을 본 걸 수도 있다. 날씨도 이상했으니까 그럴 만도 하다.

'제발, 제발……'

하지만 우리는 결국 사람 얼굴 같은 걸 보고야 말았다. 기철이가 놀란 숨을 뱉었다.

"하!"

입을 벌렸지만 말이 나오지 않았다. 자갈밭에 엎어져 있는 사람은 그 남자다. 대문 앞에서 그리고 선착장에서 마주쳤던 남자. 유난히

긴 다리와 팔 때문에 남자는 커다란 해파리처럼 보였다. 남자의 하반신은 밀려오는 바닷물에 잠겨 있었는데 피부색이 어젯밤처럼 파랗지는 않았다. 그냥 나랑 비슷했다. 아무래도 해무 때문에 잘못 본 거 같았다. 어쨌거나 사람을 이대로 방치한 건 잘못이었다. 나는 기철이에게 눈을 흘겼다.

"너 때문이야."

"이 자식, 뭐라카노?"

"그냥 두면 안 되는 거였어."

"그걸 지금 말이라고 하나? 이기 와 내 탓이고? 지가 자빠져 놓고."

"네가 떠밀었잖아."

"죽어라 덤빈 건 니 아이가?"

우리는 서로를 노려봤다. 기철이가 먼저 침묵을 깼다.

"가서 신고하자. 사람들이 물으면 운동 나왔다 봤다고 하면 된다. 그리하자."

"믿겠어?"

"믿게 해야지."

그때 소리가 났다.

"으으."

우리는 전기 충격을 받은 듯 제자리에서 펄쩍 뛰었다. 남자는 죽은 게 아니었다. 기철이가 떨리는 손으로 남자의 어깨를 흔들었다.

"아저씨요, 괜않습니꺼?"

"ㅇㅇㅇ."

신음이 더 커졌다.

"눈 좀 떠 보이소, 예?"

남자는 힘겹게 눈을 떴다.

세상에, 얼마나 다행인지. 우리는 남자를 일으켜서 햇볕이 있는 곳으로 데려갔다. 남자의 몸은 돌덩이처럼 무겁고 얼음처럼 차가웠다. 그가 바위에 기대앉아 숨을 고르는 사이 기철이가 너덜너덜한 박스를 주워 와 등 뒤에 받쳐 줬다. 숨 쉴 때마다 그의 가슴이 부풀었다 가라앉는 것마저 감사했다. 하지만 한편으론 마음이 조마조마했다. 그가 어젯밤 일을 기억하고 우리를 다그칠 수도 있었다. 기철이가 조심스레 물었다.

"정신이 들어예?"

그는 실눈을 뜨고 우리를 바라봤다.

"여가 어딘지 아냐꼬요?"

대꾸가 없다.

"아직 정신이 안 들어서 그라나?"

그 사람은 심란한 눈으로 바다를 바라봤다. 키가 2m는 넘을 것 같은데 얼굴은 나보다 작았다. 갸름하고 허여멀건 얼굴에 눈, 코, 입까

지 작아서 전체적인 비율이 엉망이었다. 나는 그의 옆에 쭈그려 앉
았다.

"아저씨, 기억나는 거 없어요?"

남자는 고개를 저었다.

"이름이 뭐예요? 어디서 살아요?"

역시 고개를 저었다. 기철이가 내 귀에 대고 속삭였다.

"혹시, 기억상실증 아이가?"

"핸드폰 없어요? 아니면 지갑 같은 거라도."

못 알아듣는 눈치다. 주위를 둘러봤지만 남자의 물건으로 짐작되
는 건 보이지 않았다. 입고 있는 옷이 전부인 걸로 봐서 산책을 나왔
다 강도를 만났을지도 모른다. 흔치 않은 일이지만 재수 없게 가진
걸 다 빼앗겼거나, 수영하다 사고를 당했을 수도 있다. 어쨌거나 그
는 여기서 곤란한 상황에 부닥쳤고, 그를 더 곤란하게 만든 게 우리
라는 사실에는 변함이 없었다.

"말 못해요? 대답 좀 해 봐요."

그의 입에서 거칠고 갈라진 소리가 나왔다.

"자, 잘 모르겠어."

기철이가 제 허벅지를 찰싹 때리며 말했다.

"기억상실증 맞네."

"이제 어쩌지?"

"일단 마을로 델꼬 가자."

우리는 남자에게 질문 세례를 퍼부었지만 건진 건 아무것도 없었다. 그는 자신의 이름도, 나이도, 집이나 섬에 대한 물음에도 전부 고개를 저었다. 기철이가 내게 몸을 기대며 속삭였다.

"내가 한 말 기억나제? 운동 나왔다 본 기라고, 그리 말 맞차라."

그게 최선이라 생각했지만 마음이 무거웠다. 그를 이렇게 만든 게 우리, 아니 나라는 생각이 머릿속에서 떠나지 않았다.

그가 처음 걸음마를 뗀 아이처럼 비칠대는 바람에 우리는 양쪽에서 계속 부축해야만 했다. 그때 나는 그의 주먹 안에서 반짝이는 물체를 보았다. 청동빛이 나는 물체는 탁구공만 한 크기에 표면에 복잡한 무늬가 그려져 있었다. 자세히 보려고 고개를 숙이는데 기철이가 소리쳤다.

"뭐 하노? 쫌 단디 해라."

"어? 어."

나는 고개를 바로 하며 그의 어깨를 추켜올렸다. 그는 자꾸만 발을 헛디뎠지만 포구에 닿을 즈음엔 혼자서 걸을 수 있게 됐다. 우리 셋은 횟집 골목을 지나 그물과 부표가 쌓여 있는 곳으로 갔다.

그때 누군가 우리를 불러 세웠다.

"어이."

경찰서 지구대에 근무하는 유달식 형사다. 유 형사는 부스스한 머리와 바지에서 삐져나온 셔츠 차림으로 우리에게 손짓했다. 소문으로는 서울에서 근무하다 징계를 받아 섬으로 왔다는데 섬에 오기 전까지 형사 업무를 봤다고 해서 유 형사로 불렸다. 그가 형사로 불리는 데는 별명도 한몫했다. 웬만해선 범인을 놓치지 않아서 별명이 늑대개라고 했다. 어쨌거나 평판은 그리 나쁘지 않았다.

기철이가 유 형사에게 짐짓 밝은 소리로 대꾸했다.

"안녕하십니꺼."

유 형사가 헝클어진 머리를 매만지며 물었다.

"아침 일찍 어디 갔다 오냐?"

얼굴은 웃고 있는데 어쩐지 취조하는 말투다.

"운동 갔다 옵니더."

유 형사가 미심쩍은 얼굴로 그를 쳐다봤다.

"이 사람은 누구냐? 처음 보는 얼굴인데."

그를 위아래로 훑어보던 유 형사의 눈빛이 사냥감을 발견한 늑대처럼 번뜩였다. 미소를 띤 얼굴로 그런 눈빛을 할 수 있는 것이 신기해서 소름이 돋았다.

그때 등 뒤에 있던 그가 내 옷자락을 움켜잡았다. 그 순간 가슴 한복판이 찌르르하더니 내 입에서 엉뚱한 말이 튀어나왔다.

"삼촌이에요."

"삼촌?"

유 형사가 되물었다. 그와 동시에 기철이 얼굴이 험상궂게 일그러지고 유 형사 얼굴은 활짝 펴졌다. 유 형사가 반가운 목소리로 말했다.

"아, 너 우 박사님인가 하는 그 집 아이로구나. 아버지가 그렇게 되셔서…… 참, 그때 왔던 고모님이 꽤 높은 공무원이시던데. 명함 보고 알았다."

유 형사는 고모와 마주친 적이 있는 모양이다.

"어려운 일 있으면 언제든 부탁해라. 곧 서울 간다며?"

"네."

유 형사가 내 어깨를 토닥였다.

"그래, 서울 사람은 서울에서 살아야지. 이런 촌구석에 오래 살면 못쓴다. 나도 어쩔 수 없이 여기 있긴 하지만 곧 서울로 갈 거다. 암, 그래야지."

유 형사는 넋두리처럼 말하고 바다로 고개를 돌렸다.

"섬이 큰일 할 곳은 못 되지."

유 형사는 기철이를 돌아보며 덧붙였다.

"어머님 잘 계시지? 효도하려면 일찌감치 섬 밖에서 먹고살 길 마련해야 한다. 아저씨가 하는 말 허투루 듣지 마라."

기철이는 건성으로 고개를 끄덕였다.

유 형사는 마지막으로 그와 나를 번갈아 봤다.

"그런데 어째 하나도 안 닮았네."

우리는 입을 꾹 다물었다. 유 형사는 휘파람을 불며 지구대 쪽으로 걸음을 옮겼다. 유 형사가 멀어지자 기철이가 씩씩댔다.

"우짤라꼬 그런 거짓말을 하노? 내 말 잊아뿄나? 운동 갔다 봤다고 하면 되는 긴데 삼촌이라캤으니 이제 니가 책임지라."

아차 싶었지만 이미 쏟아진 물이다. 무슨 마법에 걸렸나 싶을 정도로 나조차 어이가 없었다.

저녁 무렵 집에 온 아줌마한테는 기철이가 둘러댔다.

그는 외국에서 살던 삼촌인데 아빠 소식을 듣고 급하게 찾아왔고, 너무 정신이 없어 섬에 오자마자 짐을 잃어버렸으며, 그 때문에 입고 있는 옷이 전부라고, 아주 막힘없이 읊었다. 그 말을 가만히 듣던 아줌마가 손바닥을 찰싹 부딪쳤다.

"옴마야, 그 말이 사실인갑다. 섬에 흉악범이 들어왔다카드라. 옷이랑 신발 가게가 털렸다던데 삼촌 짐도 그놈 짓인갑다."

"흉악범요?"

내 물음에 아줌마가 덧붙였다.

"싹 다 털린 건 아니고, 옷 한 벌에 신발 한 켤레랑…… 맞다, 모자도 하나 없어졌다 카더라."

나는 남자가 걸치고 있는 옷과 신발을 보다 기철이와 눈이 마주쳤다. 우리는 어이없는 의심을 한 게 민망해서 재빨리 고개를 돌렸다. 가진 것이 하나도 없는 그가 도둑일 리 없다.

아줌마가 말했다.

"억수로 중한 거 잃어버린 거 아니에요? 돈은 을매나 들었어요? 신분증 뭐 그란 거 잃어버렸으면 골치 아플 긴데."

남자의 얼굴이 굳어지는 걸 보고 기철이가 아줌마 팔을 잡아당겼다.

"고만해라."

아줌마가 기철이에게 잡힌 팔을 빼내며 말했다.

"야가 와 이라노?"

기철이는 별수 없다는 듯 아줌마 귀에 대고 소곤댔는데 무슨 말인지 다 들렸다. 기철이는 삼촌이 아빠 소식에 충격을 받아 정신이 반쯤 나갔으며, 외국에서 오래 살아 한국말을 거의 못한다고 했다. 나는 가슴을 졸이면서도 녀석에게 감동했다. 녀석은 배우의 끼를 가졌거나 타고난 거짓말쟁이가 분명했다. 다행히 아줌마는 기철이 말을 믿는 눈치다.

"그라믄 삼촌도 고모 올 때꺼정 여서 지내실랍니꺼? 방은 주인이랑 같이 쓰면 될 긴데. 집으로 가면 밥 해 먹기 힘들다 아입니꺼?"

솔직히 아줌마가 집으로 가라고 하면 어쩌나 걱정하던 차라 단번에 마음이 놓였다.

"절간 같던 집에 사람이 느니 참말로 좋네."

아줌마는 콧노래를 흥얼거렸다. 나는 기철이네 있는 동안 얌전히 지내야겠다고 다짐했다. 다행인지 어쩐지 그는 꿔다 놓은 보릿자루처럼 얌전했고 먼저 말을 걸기 전까지는 좀처럼 입을 열지 않았다. 아줌마는 삼촌이 샌님처럼 점잖다며 몇 번 말을 붙였지만 별 대꾸가 없자 그냥 내버려 뒀다. 한국말보다 영어를 잘한다고 소곤거린 기철이 거짓말이 먹힌 거다.

그는 내가 준 베개와 이불을 들고 어정거리다 방구석에 누웠다. 자꾸만 눈치를 보는 모습이 아이 같아서 기억상실증이 아니라 어딘가 모자란 게 아닌가 하는 의심이 들었다. 그게 아니라면 뭔가를 숨기고 있는지도 몰랐다. 그 전에 몇 번이나 마주친 것도 영 의심스러웠다.

"나 본 적 있죠? 우리 집에도 왔었잖아요, 맞죠?"

대답이 없어 가까이 가 보니 벌써 곯아떨어졌다. 자신이 누군지도 모르면서 태평하게 잠을 자는 모습이 어쩐지 한심했다.

어쨌거나 그가 섬사람이 아닌 건 확실했다. 그가 섬과 조금이라도 연관이 있다면 웬만한 집안 사돈의 팔촌까지 꿰고 있는 아줌마가 모를 리 없다. 그러니 그는 육지 사람이 분명하고 하필이면 우리를 만나 저 꼴이 된 거다.

그때 핸드폰의 문자 알림음이 울렸다. 고모가 보낸 문자다.

잘 지내지?

나는 글자를 한참 들여다보다 답 문자를 보냈다.

응

거짓말이다. 나는 잘 지내지 못한다. 이런 일이 생길 줄 알았으면
그냥 고모를 따라갈 걸 그랬다. 하지만 섬에 아빠를 혼자 두고 갈 수
는 없다. 이러지도 저러지도 못하는 내 신세가 딱했다. 좀처럼 믿기
지 않는 현실을 일깨워 줄 사람은 기철이뿐이다. 나는 옆방으로 가서
기철이를 깨웠다.

"와 그라노?"

잠에서 깬 기철이가 짜증을 냈다.

"저 사람 말이야, 가족을 찾아봐야 하지 않을까?"

"어떻게 찾는데? 경찰 앞에서 삼촌이라캐 놓고 경찰서로 델꼬 갈
라꼬?"

그게 문제다. 기철이가 길게 하품을 했다.

"내는 할 만큼 했으이께 니는 조카 노릇이나 잘해라."

"너한테도 책임이 있잖아."

기철이가 으르딱딱거렸다.

"니가 삼촌이라고 거짓말만 안 했으면 지금 저 사람은 여기 없을 기다. 또 기억을 잃어버렸어도 누군지 벌써 알아냈을 기다. 그런데 니가 이래 만든 기라. 맞나 안 맞나?"

백번 옳은 말씀. 일을 꼬이게 만든 건 나다. 기철이가 분명하게 선을 그었다.

"니가 저지른 일이니까 니가 알아서 해라. 서울 갈 때도 델꼬 가등가."

녀석은 내가 섬을 떠나는 게 여전히 못마땅한 눈치다. 나는 기철이가 돌아눕는 걸 보며 방을 나왔다. 낯선 그가 누워 있는 방에 들어가기가 싫어서 마당으로 내려섰더니 하늘에 별이 한가득이다. 별이라면 이제 꼴도 보기 싫다.

나 같은 그

"한 번만 더 배 근처에서 얼쩡거리면 내 손에 죽는데이. 알았나?"

"알았다, 알아들었으니까 인자 고마해라."

아줌마와 기철이다. 이곳 사람들은 그냥 하는 말도 싸우는 것처럼 들릴 때가 많다. 거칠고 투박한 말투에 목청까지 높이면 영락없다. 배 어쩌고 하는 걸 보니 기철이가 또 배를 타다 걸린 모양이다. 녀석은 종종 아줌마 몰래 배를 탔는데 방학이라 시간이 남아도니 더 그럴 거다. 저렇게 뜯어말려도 안 듣는 걸 보면 배 타는 게 어지간히 좋은 모양이다.

나는 배라면 딱 질색이다. '배' 소리를 들으면 토한 기억부터 떠올랐다. 고기잡이배를 처음 탔을 때 먹은 걸 전부 바다에 게워 냈다.

그때 하필 파도가 출렁였고, 좀 전까지 배 밑에 있던 바닷물이 위로 솟구쳤다. 나는 내가 토한 걸 고스란히 뒤집어쓰는 바람에 순식간에 시궁창에 빠진 생쥐 꼴이 됐다. 아빠와 기철이가 안됐다는 표정을 지었지만 억지로 웃음을 참는 게 빤히 보였다. 나는 화가 났지만 몸에서 나는 냄새 때문에 다시 배 밖으로 고개를 숙여야만 했다.

옆에서 부스럭대는 소리가 나서 고개를 돌렸더니 그가 방구석에서 뭔가를 만지작거리고 있었다. 그러고 보면 끔찍한 순간은 처음 배를 탔던 때가 아니라 낯선 남자와 한 방에 있는 지금이다. 그의 손에 들린 건 어제 봤던 구슬이다. 구슬에 그려진 선은 생각보다 정교해 보였다.

"주인이, 일났나?"

아줌마 목소리에 방문을 여니 마루에 놓인 아침상이 보였다.

"삼촌도 일나싰나?"

"네. 방금요."

"그라믄, 삼촌이랑 아침 무라. 공판장에 멸치가 산더미라 일손이 딸린다 아이가. 삼촌 오셨으이 맛난 거 좀 해 드리고 하면 좋은데 집에만 있을 수가 옰네. 니가 내 대신 이것저것 챙겨 드리고 그래라. 알았제?"

"기철이는요?"

나는 햇볕을 받아 하얗게 빛나는 마당을 내려다봤다.

"그 자슥은 내한테 쿠사리 먹고 벌써 토꼈다. 나중에 뭐가 될라꼬 그라는지……. 기철이도 니처럼 뭍으로 나가면 좋을 긴데, 엄마 혼자 두기 싫다고 저리 붙어 있는 거 아이가. 이러다 내가 기철이 앞길을 망치는 거 아인가 싶다."

아줌마는 공판장에 가져갈 물건을 챙기며 방에 대고 외쳤다.

"주인이 삼촌이요, 내는 일 있어가 먼저 나갑니더."

모두 나가고 없는 집에서 그와 단둘이 있으려니 마음이 불편했다. 그렇다고 그를 혼자 기철이네 두는 것도 찝찝했다. 나는 별수 없이 그를 데리고 집을 나섰다. 하지만 그를 데리고 길을 나선 이유는 따로 있다. 누군가 그를 알아보면 좋겠다 싶었다. 나는 골목을 걸으며 물었다.

"나 본 적 있지 않아요?"

그가 나를 내려다봤다.

"기억 안 나요?"

그는 대답 대신 하늘을 쳐다봤다. 그를 따라 올려다본 하늘은 구름 한 점 없이 파랬다. 대답을 기다렸지만 한참이 지나도 대꾸가 없어 짜증이 났다.

"아무 말이라도 해 봐요. 뭐 생각나는 거 없어요? 아니면 생각나는 사람이라도."

그가 다시 나를 내려다봤다. 눈빛이 어째 주눅 든 강아지 같다. 나는 화를 가라앉히며 말했다.

"그러니까 제 말은요, 아저씨가 누군지, 어디서 왔는지, 여기 왜 있는지 진짜 모르냐는 거예요."

그가 들릴 듯 말 듯한 목소리로 중얼거렸다.

"궤도를 벗어나긴 했는데……."

이건 또 무슨 뜬구름 잡는 소리인지.

"조종사예요?"

묻고도 어이가 없었다. 그가 눈을 끔벅이며 말했다.

"다른 행성에서 오긴 했는데."

웃음이 나왔다.

"그러니까 지금 자기가 외계인이라는 거예요?"

그가 고개를 끄덕였다. 나도 고개를 끄덕이며 대답했다.

"아, 네, 그러세요."

이제 확실해졌다. 그는 정신병자다.

머릿속에 이상한 행동을 하는 사람들이 떠올랐다. 나는 곁눈으로 슬쩍 그를 쳐다봤다. 그는 호기심 어린 눈으로 주위를 두리번거릴 뿐 이상하거나 위험한 행동은 하지 않았다. 곱게 미친 거 같았다.

그는 때때로 놀랐는데 주로 소리에 민감한 반응을 보였다. 한번은 그가 가만히 서서 골목 끝을 바라봤는데 얼마 있다 거기서 자전거가 나타났다. 나는 자전거가 지나간 뒤에 농담처럼 물었다.

"저게 올지 알았어요?"

그가 고개를 끄덕였다.

"거짓말하지 마요."

하지만 그 뒤로도 소리에 대한 그의 반응은 계속됐다. 그가 담장을 넘겨다보기에 따라 했더니, 담 밑에 어미 고양이가 새끼 고양이의 털을 핥아 주고 있었다.

"어떻게 알았어요?"

"소리가 들렸어."

나는 고양이가 털을 핥는 소리를 상상해 봤다. 하지만 아무리 옆에 바짝 붙어 있어도 들을 수 없는 종류의 소리일 거 같았다. 아무래도 그는 머리가 제대로 망가진 거 같았다. 어쩌면 머리가 망가질 때 초능력 같은 청력을 갖게 된 건지 모른다. 그러거나 말거나 내가 그를 책임지는 건 너무 가혹했다.

나는 섬을 떠나는 것도, 혼자 집에 있는 것도 맘대로 하지 못한다. 그런 내가 잘 알지도 못하는 어른을 책임져야 하나? 내가 아니어도 되잖아? 이런 생각이 머릿속에서 떠나지 않았다.

가끔 개 짖는 소리가 들리는 걸 빼면 골목은 조용했다. 열심히 짖던 개들은 막상 우리를 보면 입을 꾹 다물었는데 정확히는 우리가 아니었다. 개들의 시선을 한 몸에 받은 건 내가 아니라 그다. 아무래도 그는 개들에게 좀 먹히는 외모인가 보다. 어쨌거나 개들이 지키는 골목을 벗어나자 선착장이 보였다.

큰길을 걷는 동안에도 그의 호기심은 좀처럼 수그러들지 않았다. 그는 길가에 널린 생선과 담벼락을 어지럽게 타고 오른 담쟁이와 집마다 달린 TV 수신기와 하늘에 걸린 전깃줄까지 신기하게 바라봤다. 그리고 한번 시선이 멈추면 좀처럼 움직일 생각을 안 했다.

나는 처음엔 인내심을 발휘했다. 그가 호기심을 보이면 뇌에 자극이 될 테고, 그러다 어느 순간, 짜~잔! 기억이 돌아올 수 있다고 생각했기 때문이다. 하지만 그가 엉뚱한 것에 붙박이가 되는 시간이 길어질수록 슬슬 짜증이 났다. 갓난아기도 이토록 호기심이 많지는 않을 거였다. 나는 갈수록 그에게서 벗어나고 싶다는 생각만 들었다.

마침 섬에서 가장 큰 교회 건물이 보였다. 그는 몇 걸음 떨어진 곳에서 시멘트 바닥을 걷고 있는 갈매기에 푹 빠진 상태다. 갈매기는 근처를 빙빙 돌며 그의 호기심을 자극했는데 회색 날개를 접어 뒷짐을 진 자세가 아주 거만했다.

'지금이야.'

나는 그가 한눈파는 틈을 타서 교회로 들어갔다. 이층까지 숨도 쉬지 않고 올라간 뒤로는 창가에 기대서 밖을 내다봤다. 비겁하다고 느꼈지만 최선이라고 생각했다. 저대로 두면 누군가 그를 발견할 거고, 그 사람이 나보다 훨씬 도움이 될 테니까.

잠시 뒤, 거만하게 걷던 갈매기가 정박한 배 위로 날아갔다. 그가 자리에서 일어나 주위를 두리번거렸고, 나는 창문 뒤로 잽싸게 몸을 숨겼다.

'들키면 안 돼.'

나는 쿵쾅대는 심장을 손바닥으로 누르며 창밖을 슬쩍 내다봤다. 그는 어찌할 바를 모르겠다는 듯 제자리를 왔다 갔다 했다. 그때 어떤 기억이 떠올랐다.

나는 병원에서 아빠가 있는 장례식장을 찾지 못해 삼십 분 넘게 길을 헤맨 적이 있다. 고모부가 나를 발견하지 않았다면 얼마나 더 헤맸을지 모른다. 눈앞에 있던 장례식장을 왜 찾지 못했는지 모르지만 그게 어떤 느낌이었는지는 똑똑히 기억났다. 나는 아빠를 다시 보지 못할까 봐 무서웠다. 너무 무서워서 세상이 온통 검게 보였다. 그도 지금 그런 거 같았다.

그때 누군가 그에게 다가갔다.

'누구더라?'

나는 창밖으로 고개를 내밀었다.

"젠장."

유 형사다. 유 형사가 뭐라고 말을 걸자 그가 겁에 질린 표정으로 뒷걸음질 쳤다. 잠시 뒤 유 형사가 그의 팔뚝을 잡아챘고, 그는 몸을 뒤로 빼며 버텼다. 두어 번 실랑이하던 그가 결국 유 형사 쪽으로 끌려갔다. 유 형사가 얼굴을 찡그린 채 힘을 쓰는 걸 보니 지구대로 끌고 가려는 모양이다. 나는 서둘러 계단을 내려갔는데 한 번에 세 칸을 건너뛰었기 때문에 날아간 거나 마찬가지다.

내가 외쳤다.

"삼촌!"

굳었던 그의 얼굴이 펴지고 유 형사가 나를 돌아봤다.

"어, 너?"

나는 가쁜 숨을 가라앉히려고 최대한 느긋하게 걸었다.

"무슨 일이세요?"

유 형사가 그의 팔을 놓았다.

"마침 잘 왔다. 너희 삼촌 어디 모자란 거 아니냐? 왜 묻는 말에 우물쭈물하는 거냐? 죄지은 사람처럼."

"외국에서 오래 살아서 한국말을 못해요."

나는 기철이가 했던 거짓말을 되풀이했다.

"아! 한국말을 잘 모르셔? 그럼 그렇다고 말을 하시지……."

유 형사가 멋쩍은 표정을 지으며 뒤통수를 긁었다. 그제야 그가 내 뒤로 슬금슬금 걸어왔다.

"삼촌, 가요."

나는 유 형사에게 고개를 끄덕이고 그의 팔을 잡아당겼다. 뒤에서 유 형사가 날씨가 더럽게 덥다며 구시렁대는 소리가 들렸다.

그는 내가 자기를 버리려고 했다는 걸 눈치채지 못했다. 그래서 여전히 호기심 어린 눈으로 주위를 두리번거렸고, 좀 더 자세히 살펴보려고 자꾸 멈춰 섰다. 역시 이 섬이 문제다.

고모가 돌아오는 대로 섬을 떠날 텐데 그때도 지금과 같은 상황이면 어째야 할지 막막했다. 이마에선 땀이 줄줄 흐르고, 머리꼭지는 따갑고, 축축한 옷은 몸에 척척 감겨서 딱 죽을 맛이었다. 그런데 어느 순간부터 따라오던 발소리가 들리지 않았다. 나는 고개를 돌리다 진짜로 돌아 버리는 줄 알았다. 그가 동전을 넣는 오락기 앞에서 정신을 놓고 있었다. 저절로 고함이 터졌다.

"진짜 잃어버리면 어쩌려고 그래요."

그가 놀란 얼굴로 쪼르르 달려왔다. 꼭 엄마한테 혼이 난 아이 같다. 기철이네 가는 길이 너무 멀었다.

밝혀진 정체

다음 날도 아줌마는 공판장에 간다며 일찌감치 집을 나섰다. 마당
에서 맨손 체조를 하던 기철이는 아줌마가 나가자마자 후다닥 대문
을 나섰다.

"어디 가?"

"알 게 뭐꼬!"

녀석은 던지듯 말을 내뱉고 담장 밖으로 사라졌다.

'쳇, 뭐에 정신 팔린 거야.'

그게 뭔지는 몰라도 나를 끼워 줄 마음이 없는 건 분명했다. 이제
막 해가 떴는데 벌써 해 질 녘이 그리웠다. 이른 시간인데도 햇볕은
충분히 뜨거워서 어제처럼 돌아다녔다가는 일사병에 걸리기 십상이

었다.

'우리 집은 시원한데……'

왜 진작 그 생각을 못 했을까. 나도 집이 있다. 거기선 심심함에 몸부림치지 않아도 되고 남의 눈치를 볼 필요도 없다. 기철이네는 아줌마가 들어오는 저녁에 맞춰 돌아오면 된다.

그는 어두운 방구석에서 손에 든 걸 만지작거렸다. 어쨌거나 그를 기철이네 혼자 둘 수는 없었다.

"얼른 나와요."

그가 의아한 표정으로 방에서 나왔다.

우리는 마을을 벗어나 아스팔트로 된 경사로를 쉬지 않고 올랐다. 내 뒤를 졸졸 따라오는 그가 새끼 오리 같았다. 새끼 오리는 뭐든 어미가 하는 대로 따라 했다. 어미가 헤엄을 치면 줄 맞춰 따라가고, 어미가 잠수하면 똑같이 잠수하고, 물 먹는 것까지 판박이처럼 따라 했다. 나는 그가 오죽 의지할 데가 없으면 나를 따라다니나 싶었다. 이럴 거면 그를 버릴 생각도 하지 말 걸 그랬다. 그런 짓을 하지 않았다면 죄책감이 늘어나는 일도 없었을 거다.

드디어 파란 대문이 보였다. 섬으로 이사 오고 아빠와 처음 한 일이 대문을 파랗게 칠한 거다. 반가운 마음에 목소리가 커졌다.

"우리 집이에요."

그는 대문 옆에 걸어 놓은 나무패를 바라봤다. 나무판에는 '紫薇

垣'이라고 적혀 있었다. '자미원'은 하늘 궁전을 뜻하는 별자리다. 아빠는 나무패를 달며 말했다.

"이제부터 아빠가 대장성이다."

대장성은 자미원을 지키는 별자리다. 하지만 이젠 자미원도, 대장성도 아무 의미 없다.

나는 담장 위에 얹힌 돌멩이 중 세 번째 것을 들춰 열쇠를 꺼냈다. 굳게 닫힌 대문이 끼이익 소리를 내며 열렸다. 현관으로 이어지는 길은 자갈이 깔려 있고, 자갈길 옆은 화단이 꾸며져 있다. 아빠가 있을 때는 제법 근사했지만 지금은 화초와 잡초를 구분할 수 없을 정도로 엉망이 됐고, 키 큰 산수유나무마저 풀들에 포위당한 모습이다. 그가 손가락으로 산수유나무를 가리켰는데 정확히는 나무에 색실로 매달아 놓은 돌멩이다.

"별이에요, 아빠랑 내가 달아 놓은."

아빠가 산수유나무를 '별꽃 나무'라고 불러서 나는 그게 진짜 나무 이름인 줄 알았다. 실제로 산수유나무는 별처럼 생긴 꽃들이 무더기로 피었다. 꽃이 핀 가지를 들여다보며 아빠가 말했다.

"우주에도 이렇게 많은 별이 있지."

아빠 말에는 마법 같은 힘이 있어서 별꽃으로 뒤덮인 산수유나무가 진짜 우주처럼 느껴지기도 했다. 별꽃이 지고 난 뒤, 우리는 바닷가에서 주워 온 하얀 돌멩이를 색실에 묶어 나무에 매달았다. 그때 아빠 얼굴이 기억나면 좋을 텐데. 웃을 때 눈이 보였는지 안 보였는지, 한쪽 볼에만 생기던 보조개가 깊었는지 얕았는지, 가늘고 긴 손가락으로 내 머리칼을 헤집었는지 아니면 볼을 꼬집었다 놓았는지, 감촉은 어땠는지, 모조리 기억나면 좋겠다. 하지만 그날의 기억은 꿈처럼 가물가물했다.

현관문을 여니 우리 집 냄새가 쏟아졌다. 집에 있는 것들이 합쳐져 나는 냄새. 무슨 냄새라고 꼭 집어서 말할 수 없지만 그 냄새를 맡으면 마음이 편안했다. 하지만 지금은 편안함과 불편함이 동시에 느껴졌다.

살짝 열린 아빠 방문 너머로 침대에 놓인 잠옷이 보였다. 아빠가 책을 볼 때마다 쓰던 안경과 읽던 책도 침대 옆 탁자에 그대로다. 나는 방으로 들어가 펼쳐진 채로 엎어져 있는 책을 들어 올렸다. 칼 세이건의 『코스모스』다. 책장을 넘기니 깨알같이 적힌 메모가 보였다. 나는 책을 덮고 표지를 가만히 어루만졌다.

아빠가 "스…… 스……" 하고 끝맺지 못한 말이 떠올랐다. 그게 무슨 말인지 이제 알 도리가 없다. 나는 책을 들고 방을 나왔다. 그리고 소리 나지 않게 문을 닫았다. 아빠의 공간이 문 안쪽에서 박제되는 기분이다.

문에서 돌아서니 그가 책장 앞에 서 있는 게 보였다. 책장에는 아빠가 찍은 천체사진들이 붙어 있다. 나는 그가 책을 보게 놔두고 방으로 갔다.

내 방.

방에 들어서니 비로소 숨쉬기가 편했다.

창밖으로 보이는 익숙한 풍경을 보는 순간 자유를 느꼈다. 온전한 나만의 공간이 있다는 게 이렇게 좋은지 몰랐다. 나는 책장에서 만화책을 꺼내 침대에 던졌다. 침대에 만화책이 얼마쯤 쌓이자 그 위로 몸을 날렸다. 침대가 꿀렁이며 내 몸을 받아 줬고, 만화책들이 내 마음처럼 펄쩍 뛰어올랐다. 만화책만 읽어도 하루가 후딱 갈 거였다. 나는 그에게도 자유를 주기로 했다. 그가 없는 듯 있어 줬으면 하는 게 솔직한 바람이다.

얼마나 지났을까. 침대 위에 있는 것보다 바닥에 쌓인 만화책이 많아졌을 때 그가 내 방으로 들어왔다. 그는 카메라를 들고 있었다. 아빠의 카메라다. 별 사진을 찍을 때 쓰던 건데 바닥에 떨어뜨려서 부서졌다.

"고장 났어요."

"고칠 수 있을 것 같은데."

나는 침대에서 일어나 그의 손에서 카메라를 뺏었다.

"바깥이 아니라 안쪽이 부서졌다고요."

내가 보란 듯이 카메라를 흔들자 안에서 달그락달그락 소리가 났다. 그는 카메라를 보며 말했다.

"부품이 남아 있다면 고칠 수 있어."

아빠는 이걸 고치려면 청계천에서 삼십 년 넘게 카메라를 수리한 전문가한테 맡겨야 한다고 했다.

"어떻게 고칠 건데요?"

나는 웃음을 참고 물었다. 아니, 물어줬다.

"고치면 여기 돌아볼 수 있을까?"

"여기? 어디요?"

그가 창밖을 바라봤다. 섬을 돌아보자는 얘기다. 나는 건성으로 대답했다.

"정말 고치면요."

그는 카메라를 도로 가져가서 두 손으로 움켜쥐었다. 그럼 그렇지 하는 생각이 들었다.

'바보.'

그때다. 카메라가 빛으로 둘러싸였는데 정확히 말하면 그의 손에서 빛이 나와 카메라를 둘러쌌다. 빛이 너무 강해서 카메라를 고치는 게 아니라 녹여 버리는 거 같았다. 나는 뒤로 물러났다.

"뭐, 뭐 하는 거예요?"

잠시 뒤 빛이 조금씩 줄어들더니 완전히 사라졌다. 그가 카메라를 내밀었다.

"다 됐어."

정말이지 기가 찰 노릇이다. 이상한 빛도 빛이지만 그런 빛에 휩싸이고도 카메라가 멀쩡한 것이 이해가 안 됐다. 나는 그가 들고 있는 카메라에 손가락을 갖다 댔다. 뜨거운 느낌은 없다. 이번엔 카메라를 받아 흔들었다. 소리가 나지 않았다. 조금 더 세게 흔들었다. 하도 흔들었더니 나중엔 팔만 아팠다.

고장 난 뒤로 움직이지 않던 셔터가 부드럽게 젖히고 안에서 필름 감기는 소리가 났다. 나는 셔터의 버튼을 눌렀다. 버튼이 눌리면서 찰칵 소리가 났다. 고장 나기 전보다 소리가 좋다. 믿기지 않아 계속 셔터를 눌렀다. 그때마다 사진 찍히는 소리가 경쾌하게 울렸다.

"어, 어떻게 한 거예요?"

그가 미소를 지었다.

"속임수 같은 거예요?"

"에너지야."

생각도 못 한 대답이다.

"우리는 모두 이렇게 할 수 있어."

"우리요?"

"에이야인들."

"에, 뭐요?"

그가 입술을 동그랗게 해서 한 글자씩 말했다.

"에, 이, 야."

"그러니깐, 그 에…… 가 뭐냐고요?"

그가 방에 걸린 천체사진을 가리켰다.

'설마?'

나는 어이없는 추측을 하고 말았다. 내 추측이 틀렸다는 걸 확인할 필요는 있다.

"진짜 외계인이라고요?"

그가 어깨를 으쓱였다.

"웃기시네. 거짓말이죠? 그렇죠?"

"나는 에이야인이야."

그는 사기꾼이 분명하다. 지난번에 행성 어쩌고 할 때부터 알아봤어야 했는데. 나를 속이고 뭔가를 얻어 내려는 꿍꿍이가 있는 게 틀림없다. 부서진 카메라를 고친 건 아마도 눈속임이겠지. 나와 똑같이 생긴 사람, 그것도 며칠 동안 같이 지낸 사람이 외계인이라니. 아빠한테 우주와 외계인에 대해 수없이 들었지만 내가 생각하는 외계인은 절대로, 단연코, 백 퍼센트 이런 모습이 아니다. 이 사람은 처음부터 나한테 접근하기 위해 수작을 부린 게 분명하다. 이제부터 그 이유를 알아내야 했다.

"증명해 봐요."

그는 잠시 고민하더니 오른손 검지를 세우며 눈을 감았다. 그럼 그렇지 하는 생각이 들었다. 보통 사기꾼들은 저렇게 눈을 감고 의미 있는 것 같은 행동을 한다. 이제 중얼중얼 주문 같은 걸 외우겠지. 하지만 내 예상은 빗나갔다. 그의 몸에서 빛이 흘러나오더니 빙글빙글 돌았다. 빛의 회전이 점점 빨라진다고 느꼈을 때 내 몸이 공중으로 떠올랐다.

"어, 어."

나는 하마터면 중심을 잃고 넘어질 뻔했는데 그런 일은 벌어지지 않았다. 나는 바닥에 머리를 처박는 대신 더 높이 떠올랐다. 그뿐만 아니다. 내 방에 있는 침대와 책상, 의자와 만화책까지 공중으로 떠올랐다. 마치 내 방 전체가 무중력 상태가 된 거 같았다. 나는 공중에 드러누운 채로 허우적거렸는데 발이 땅에 닿지 않는 게 너무 무서웠다. 기절하지 않은 게 기적이다. 그는 여전히 눈을 감은 채 빛을 뿜어내고 있었다. 그대로 두었다가는 집이 통째로 날아오를지도 몰랐다. 나는 쥐어짜듯 말했다.

"그, 그만요."

그의 몸에서 빛이 사라지면서 떠다니던 것들이 제자리로 내려앉았다. 내가 내려앉은 곳은 침대. 달리기를 한 것도 아닌데 숨이 가빴다. 그는 아무렇지 않은 표정으로 나를 내려다봤는데 그것마저 무서웠다. 나는 그의 눈을 피했다.

"미, 믿을 테니 집은 내버려 둬요."

질문이 끝도 없이 떠올랐지만 하나만 묻기로 했다.

"정말 외계인이에요?"

그가 고개를 끄덕였다.

믿어야 하나 말아야 하나 고민하는데 아빠 말이 떠올랐다.

"언젠가 그들을 만날 수도 있어."

우주에는 태양계 같은 은하가 몇 천억 개나 존재했다. 그중에 지구 같은 행성이 없으리라는 보장은 없다. 빅뱅으로 지구가 있는 태양계가 생겨났듯이 우주 어딘가엔 우리랑 비슷한 환경을 가진 태양계가 존재할 거다. 확률적으로도 그랬다. 그 확률대로 지구 같은 행성이 있다면, 거기 사는 생명체가 바로 외계인이다. 그 외계인이 지금 눈앞에 있었다.

그가 외계인이라는 사실은 기억상실증에 걸렸거나 지적장애인일지도 모른다는 것보다 훨씬 더 엄청난 일이다. 아니, 엄청 이상의 일이다.

그의 직업은 새로 태어난 별을 탐색하는 거라고 했다. 지구 같은 행성이 아니라 태양처럼 스스로 빛나는 항성, 진짜 별 말이다. 거대한 우주선 같은 건 없었다. 그가 손에서 놓지 않던 물체가 바로 성간 여행 장치였다. 그는 그걸 '파르도'라고 불렀다. 지구처럼 생명체가 넘쳐 나는 곳을 방문하는 건 금지된 일이지만 예외가 있는 법이라고, 그가 덧붙이듯 말했다.

"살아 있는 생명체에겐 늘 변수가 생기지."

"하지만 어떻게, 그러니까, 어떻게 여기 말을 할 수 있는 거예요? 왜 나랑 말이 통해요? 정말 외계인이라면 언어도 다르고…… 또 생김새도 다를 텐데."

그가 손을 뻗어 내 팔을 짚었다.

"어떤 남자와 접촉했을 때 카피했다."

"카피요? 그러니까 복사, 그거 말하는 거예요?"

그가 고개를 끄덕였다.

"그 사람이 누군데요?"

그는 대답 대신 카메라를 내려다봤다. 나도 그의 시선을 따라 카메라를 바라봤다.

"우리 아빠 알아요?"

기분이 이상했다. 고인 물에 파동이 생기는 것처럼 내 몸속에서도 파동이 멈추지 않았다. 전기에 감전이라도 된 듯 몸이 간질간질하고 찌릿찌릿했다.

그가 카메라를 들어 올리며 물었다.

"네 거니?"

나는 고개를 저었다.

"아빠 거예요."

그가 아빠를 처음 만난 건 작년 여름이라고 했다. 작년 여름이면 아빠가 끝내주는 곳을 발견했다던 바로 그때다. 하지만 둘의 만남은 순간처럼 지나갔다고 했다. 그는 다른 은하로 가던 중 잠시 머물 생각으로 이곳에 왔다고 했다. 그때 섬에 있던 아빠는 망원경으로 밝은 빛이 하늘에서 떨어지는 걸 봤고, 그 장소를 찾아 헤매다 그를 만났다.

"만날 줄 알았는데 시간이 맞지 않았구나."

그는 아빠를 좋은 사람으로 기억했다. 별과 우주에 관심을 가진 지구인을 만난 것이 반가웠다고 했다. 그의 말을 듣는 동안 아빠가 옆에 있는 느낌이 들었다. 그가 내 어깨에 손을 얹었다. 그리고 중얼거리듯 말했다.

"아빠 일은 안됐다."

기철이네로 돌아온 건 한밤중이다. 기철이가 방문 사이로 얼굴을 내밀고 물었다.

"어데 갔다 오노?"

"어, 밖에."

녀석의 눈이 가늘어졌다.

"밖에 어데?"

나는 기철이의 말투를 흉내 냈다.

"알 게 뭐꼬!"

녀석의 얼굴이 일그러졌다. 그때 건넛방에서 아줌마가 방문을 열었다.

"늦었네. 밥은 묵었나?"

나는 큰 소리로 대답했다.

"네. 먹었어요."

"주인이가 삼촌이 있으이께 씩씩하고 좋네. 삼촌이요, 주인이랑 오래오래 있으이소."

그가 어정쩡한 표정을 지었다. 아줌마는 방문을 닫았지만 기철이는 여전히 의심쩍은 눈으로 우리를 쏘아봤다. 나는 기철이를 무시하고 방으로 들어갔다. 잠시 뒤 기철이가 방문을 요란하게 닫았고, 건넛방에서 아줌마가 "문 뿌사진다!"고 소리쳤다. 방에 단둘이 있게 되자 그가 진짜 내 삼촌 같았다.

곡옥도

아침마다 아줌마가 나가기 무섭게 뒤따르던 기철이가 어쩐 일로 늦장을 부렸다. 나는 수돗가에 자리를 잡으며 물었다.

"안 나가?"

기철이는 여태 꺾어 신고 다니던 신발의 뒤축을 바로 세우며 우물거렸다.

"니는?"

나는 세숫대야에 찬물을 담으며 말했다.

"신경 꺼."

녀석은 벌떡 일어나며 애꿎은 슬리퍼를 발로 찼다. 날아간 슬리퍼는 대문 옆에 떨어졌다. 녀석은 대문을 나서며 들으란 듯 중얼거렸다.

"잘났다."

나는 쓴웃음이 났다.

서로를 아는 게 도움이 되지 않을 때가 있다. 기철이와 나는 서로를 잘 알고 상대방이 어떤 마음인지 알았다. 그게 오히려 진심을 말하는 데 방해가 됐다. 우리는 서로에게 미안하다는 말로 가볍게 화해해서는 안 된다는 걸 알았다.

원래는 기철이와 화해하지 않은 채 섬을 떠날 생각이었다. 기철이네 오게 됐을 때도 그랬고, 둘이 한밤중에 치고받을 때도 그랬다. 얼떨결에 그를 떠맡게 되었을 땐 기철이를 원망했다. 그런데 지금은 아니다. 기철이와 이대로 헤어지면 후회할 거 같았다. 나는 세숫대야가 바닥을 보일 때까지 얼굴에 찬물을 끼얹었다.

우리는 약속대로 섬을 돌아보기로 했다. 처음 간 곳은 빨간 등대가 있는 방파제다. 등대에서 뻗어 나간 불빛으로 고깃배들은 선착장으로 무사히 돌아올 수 있었다.

등대가 없던 시절에는 별이 그 역할을 대신했다. 특히 밤하늘의 중심에 있는 북극성은 길을 찾는 중요한 별자리다. 중세 시대 유럽 국가들이 앞다퉈 천문대를 세운 것도 영토 확장을 위한 대항해를 지원하기 위해서였다.

등대 끝에는 둑 밑으로 내려가는 사다리가 걸쳐져 있었다. 그는 목을 길게 빼고 아래 있는 낚시꾼들을 기웃거렸다. 나는 사다리를 가리켰다.

"내려갈래요?"

그는 벌써 사다리에 발을 걸치고 있었다.

우리는 평평한 바위를 골라 밟으며 낚시꾼들한테 갔다. 이런 바위 틈에서는 구멍 낚시가 제격이다. 구멍 낚시는 물고기가 숨어 있을 만한 곳에 낚싯대를 늘어뜨리기만 하면 된다.

내가 낚시꾼에게 물었다.

"많이 잡혀요?"

밀짚모자를 눌러쓴 낚시꾼은 고개를 저었다.

"시원찮다."

물때가 맞지 않는 모양이다. 바다에 담가 둔 그물망에는 손바닥만 한 우럭 한 마리가 전부다. 그는 사람들이 바늘에 미끼를 끼우고, 줄을 늘어뜨리고, 고기를 유인하기 위해 낚싯대를 움직이는 모습을 신기하다는 듯 바라봤다. 이제는 그의 호기심이 이해되고도 남았다.

한참이 지나도록 입질 한번 없어서 나는 몸이 뒤틀렸다.

"다른 데로 갈까요?"

그제야 그가 허리를 세우며 자리에서 일어났다.

해변을 가려면 선착장을 가로지른 뒤 소나무 숲을 지나야 했다. 선착장 시멘트 바닥에는 빨간색 그물이 길게 펼쳐져 있고, 갈매기들이 그물 위를 종종거리며 생선 찌꺼기를 빼 먹느라 바빴다. 지프차 한 대가 그물이 펼쳐진 길로 들어서자 갈매기들이 일사불란하게 물러났다. 하지만 차가 멀어지자 다시 그물 위로 몰려들었다. 그가 갈매기를 보고 웃었고, 나는 교회로 숨었던 때가 생각났다. 괜히 미안한 마음이 들어 묻지도 않은 것들을 설명했다.

"저기 그물로 된 둥근 통들이 통발이에요. 저기에 미끼를 넣어서 바다에 던지면 그 안으로 고기가 들어와서 잡을 수 있어요. 저기 보이는 고무공들은 부표라고 해요. 저걸 그물을 던진 곳에 띄워 두고, 나중에 그물이 있는 장소를 찾는 거예요."

그때 선착장으로 스티로폼 상자를 실은 트럭이 들어왔다. 한 번도 쓰지 않은 새 상자들이다. 나는 먼바다를 보며 그의 팔을 잡아당겼다.

"고깃배가 들어오나 봐요."

말이 끝나기 무섭게 등대 뒤로 고깃배가 나타났다. 그가 영문도 모른 채 나를 따라 뛰었다.

갑판까지 고기가 쌓인 걸 보니 만선이다. 우리는 일꾼들에게 방해되지 않는 곳에 서서 배가 정박하는 모습을 지켜봤다. 배에서 선착장 쪽으로 굵은 밧줄을 던지자 기다리고 있던 사람이 밧줄을 받아 둥근 쇠말뚝에 걸었다. 트럭에 있던 상자가 배로 옮겨 가고, 갑판에 쌓인 물고기들이 차곡차곡 상자에 담겼다. 상자가 가득 차면 옆에 선 사람이 그 위에 얼음을 부었다. 그러면 다른 사람은 상자의 뚜껑을 덮고 박스 테이프를 붙였다. 한마디로 손발이 척척 맞았다. 사람들 사이로 구령 같은 외침이 오가고 웃음소리도 끊이지 않았다. 아빠가 봤으면 "이 맛이 섬이지"라고 했을 거다. 사람들의 흥겨운 모습을 보고 있자니 덩달아 기분이 좋았고 역겹기만 하던 비린내도 그럭저럭 참을 만했다.

그때 등 뒤에서 누군가 알은체를 했다.

"구경 나왔구나."

유 형사다. 자주 마주치는 걸 보니 엄청 한가한 모양이다. 나는 건성으로 고개를 끄덕이고 고깃배로 눈길을 돌렸다. 유 형사의 관심이 그에게로 옮겨 갔다.

"삼촌은 뭐 하는 분이신가?"

처음부터 유 형사가 관심을 둔 건 내가 아닌 듯했다. 그의 얼굴이 굳어져서 내가 끼어들었다.

"천문학을 연구하세요, 아빠처럼요. 지난번에도 말씀 드렸었죠? 어릴 때부터 외국에서 살아서 한국말이 서툴러요. 그래서 형사님이 하는 말을 알아듣지 못하는 거예요."

유 형사가 호들갑스럽게 말했다.

"어이구, 그럼 삼촌도 박사님이시겠네."

"네. 맞아요."

유 형사가 내 어깨를 툭툭 쳤다.

"아버지랑 삼촌 본받아서 공부 열심히 해라."

나는 고개를 끄덕이고 그의 팔을 잡아끌었다.

"삼촌, 가요."

유 형사랑 오래 있어 봤자 좋을 게 없다. 유 형사는 호주머니에서 꺼낸 담배를 입에 물며 우리에게 어정쩡한 인사를 했다. 그리고 고깃배에 있는 사내를 향해 목청을 높였다.

"형님, 담뱃불 있어요?"

사내가 걸걸한 목소리로 대답했다.

"에라이, 촌놈아. 요즘도 담뱃불 챙기는 사람 있나? 내는 전자 담배 핀다."

유 형사가 멋쩍은 얼굴로 허허 웃었다.

"나는 옛날 게 좋더라고요."

사내가 마주 웃으며 대꾸했다.

"그라이 촌놈인 기라."

평판대로 유 형사는 섬사람들에게 친절한 거 같다. 하지만 나는 유 형사의 눈을 보면 취조당하는 기분이 들었다. 그 역시 유 형사만 보면 겁먹은 아이처럼 주눅이 들었다. 아마 우리 둘 다 유 형사에게 거짓말을 하고 있기 때문일 거다. 나는 그가 삼촌이라는 거짓말을 했고, 그는 진짜 정체를 숨기고 있다.

유 형사 생각을 하며 걷다 보니 길을 잘못 들었다. 나는 방파제를 따라 쌓인 테트라포드를 본 순간 그대로 얼어붙었다. 그동안 일부러 피해 다닌 곳이었다. 그런데 빨리 가려던 마음에 나도 모르게 이 길로 들어서 버린 거다. 그가 옆에서 나를 내려다보는 게 느껴졌다. 그래도 나는 발을 뗄 수 없었다. 서너 발만 더 걸으면 거기, 아빠가 누워 있던 자리다.

모든 게 한꺼번에 떠올랐다. 차가운 밤공기와 비릿한 물 냄새, 잔잔한 파도 소리와 사람들의 웅성거림, 희미한 불빛과 축축했던 아빠 얼굴. 지금 눈앞에서 벌어지는 일 같았다. 할 수만 있다면 소리를 지르고 싶었다. 하지만 나는 가만히 서 있는 거 말고 아무것도 할 수 없었다.

그때 그가 내 어깨에 손을 얹었다. 나는 간신히 고개를 돌려 그를 쳐다봤다. 그의 눈에서 눈물이 흘렀다. 내가 물었다.

"왜 울어요?"

그가 눈을 뜨고 나를 봤다.

"네가 이러고 있는 이유와 같다. 가끔은 슬퍼해도 돼. 그래도 괜찮아."

나도 모르게 눈물이 터졌다. 새어 나오는 울음을 막기 위해 입을 꾹 다물었지만 눈물만은 어쩌지 못했다.

아무도 내게 이렇게 말해 주지 않았다. '어떡하니?' 하는 표정과

눈빛에는 힘들어도 참고 견뎌야 한다는 압박이 담겨 있었다. 그래서 아무리 괜찮아지려고 해도 괜찮아질 수 없었다. 그런데 그가 '괜찮아'라고 말하니까, 정말 괜찮은 거 같았다. 아빠도 그렇게 말했다. 괜찮다고. 학교에서 정학 처분이 내려졌을 때도 아빠가 처음 한 말은 '괜찮아'였다. 그래서 그런가? 아빠가 살아 있는 것 같은 기분이 드는 건. 나는 숨을 크게 들이쉬고 콧물을 훌쩍였다. 그리고 돌아서서 말했다.

"이제 해변으로 가요."

곡옥도의 해변은 깨끗하기로 유명했다. 섬을 이루고 있는 산은 병풍처럼 둘러섰고, 안쪽으로 둥글게 들어온 해변을 따라 선착장과 마을이 있다. 곡옥도라는 이름은 섬 모양이 곡옥을 닮은 것에서 유래됐다고 한다. 아빠는 곡옥도에 대해 설명하면서 신라금관 사진을 보여 줬다. 금관에는 초록색 모양의 곡옥이 열매처럼 달렸는데 구부러진 모양이 섬하고 비슷했다.

우리는 소나무가 있는 오솔길을 따라 걸었다. 그는 나무 향기가 좋은지 콧구멍을 벌렁거렸는데 외계인이라는 걸 몰랐다면 바보라고 생각할 만한 얼굴이다.

소나무 사이로 바다가 슬쩍슬쩍 보였다. 바다 위로 쏟아진 햇빛은 반짝거렸고, 바람이 없어서 그런지 해변으로 밀려드는 파도 역시 잔잔했다. 그늘이 없는 해변은 우리 말고 아무도 없었다. 얼마쯤 걷던 그가 바닥에 주저앉아 손바닥으로 모랫바닥을 눌렀다.

"뭐 해요?"

그는 손바닥으로 모래를 두드렸다.

"단단하네."

그를 따라 했더니 정말로 모래가 돌처럼 단단했다. 나는 손에 묻은 모래를 털며 자리에서 일어났다. 썰물 때라 그런지 물이 많이 빠져 있었다. 아빠에 대한 기억도 그렇게 어디론가 빠져나가는 기분이다.

"이거 볼래?"

돌아보니 그가 사막에 있는 도마뱀처럼 발을 번갈아 들어 올렸다. 그가 모랫바닥을 힘주어 밟으면 주변에 있는 물이 밀려나면서 하얀 동그라미가 생겨났다. 그러다 발을 떼면 다시 물이 스며들면서 원래의 진한 색을 되찾았다. 그런 식으로 반복하니 모랫바닥에 전등이 켜졌다 꺼지는 것 같았다.

"신기하네요."

해변을 수없이 걸었지만 이런 건 생각도 못 했다. 그의 호기심이 뜻밖의 발견을 한 거다. 우리는 내친김에 쭈그려 앉아 모랫바닥을 살폈다. 황금빛 모랫바닥에는 수많은 선이 그려져 있었다. 그 선들은 바닷물과 바람의 합동 작품이다. 내가 손가락으로 선들을 따라가자 정교하고 가느다란 선들이 굵게 패이면서 망가졌다. 그와 나는 경쟁

하듯 더 많은 선을 망가뜨렸다. 그러다 어느 순간 그가 바다로 눈을 돌렸고, 나도 그를 따라 바다를 바라봤다. 수평선 끝에 배 한 척이 지나고 있었다.

그가 중얼거리듯 말했다.

"아름답구나."

나는 깜짝 놀랐다. 아빠도 바다를 보며 그렇게 말했다. 자꾸만 그한테서 아빠 모습이 겹쳐졌다. 예전에 아빠는 사람이 죽으면 우주인이 된다는 말을 했다. 그러면 나는 "모두 내가 된단 말이야?"라고 했고, 아빠는 피식 웃으며 "그럼 곤란하겠다" 했다. 그리고 별에 관한 얘기를 덧붙였다. 아빠는 모든 생명체가 별에서 태어났기 때문에 별로 이루어졌다고 했다. 그래서 저마다 하나의 우주라고. 하지만 그게 다 무슨 소용이람. 나는 우주 따위 필요 없다. 그냥 아빠가 필요할 뿐이다.

나는 자리에서 일어나 걸음을 옮겼다. 그가 말없이 내 뒤를 따랐다.

해변이 끝나는 곳에 있는 오솔길은 산등성이로 이어졌다. 정상에 오르면 왼쪽으로 선착장과 마을이 보이고, 오른쪽으론 탁 트인 바다가 펼쳐졌다. 기철이와 나만 아는 비밀 장소다. 우리는 여기를 바람 절벽이라고 불렀다. 정상에 서면 바람이 사방에서 몰아쳤기 때문이다.

경치를 본 그의 눈이 휘둥그레졌다. 이마에 땀이 흐를 만큼 힘들었지만 그가 좋아하는 걸 보니 마음이 놓였다. 이곳은 올라오는 길이 험하고 쉴 곳도 마땅치 않아서 사람들의 발길이 뜸했다. 기철이와 나는 여기서 하늘과 바다를 보며 시시한 얘기로 시간을 보내곤 했다.

그는 좁은 공간을 돌며 경치를 구경하느라 바빴다. 나는 예전의 기철이처럼 바위에 등을 기댔다. 바위 뒤에는 꽤 커다란 소나무가 있어서 머리 위로 그늘이 드리웠다.

잠시 뒤 절벽 아래서 무슨 소리가 났다. 나는 가슴을 바닥에 붙이고 절벽 아래를 내려다봤다. 절벽 아래에는 기철이의 동굴이 있다. 배의 파편을 숨겨 놓은 바로 그 동굴이다.

그때 누군가 동굴에서 걸어 나왔다.

'어라?'

나는 몸을 납작하게 숙였다. 다시 봐도 기철이가 분명했다.

'뭐 하는 거지?'

동굴에서 나온 기철이는 해변으로 바삐 걸었다. 튀어나온 바위 때문에 잘 보이지 않아서 해변이 잘 보이는 곳으로 자리를 옮겼다. 다시 내려다보니 기철이는 없고 방수포를 길게 펼쳐 놓은 게 보였다.

'어디 간 거야?'

그때 방수포 속에서 기철이가 기어 나왔는데 얼핏 뱃머리가 보였다. 녀석의 손에는 공구 상자가 들려 있었다. 그동안 왜 그렇게 바빴는지 알 만했다. 기철이는 아무도 모르게 배를 손보고 있었던 거다. 어디서 어떻게 구한 배인지 모르겠지만 저 혼자 수리하고 있는 게 분명했다. 그전에도 틈만 나면 싼값에 배를 구할 방법을 알아보고 다니던 녀석이다.

"뭣 때문에 바쁜가 했더니."

"뭐라고?"

경치를 둘러보던 그가 물었다.

나는 손을 내저었다.

"아, 아니에요, 아무것도."

나는 그가 절벽을 내려다보지 못하게 막았다. 어쩐지 그래야 할 것 같았다. 이제 기철이가 우리를 알아채는 건 시간문제다. 나는 바다를 보며 말을 돌렸다.

"그만 집으로 갈까요?"

그가 고개를 끄덕였다.

언덕을 내려가기 전에 내려다보니 녀석은 방수포를 들락거리느라 바빴다. 우리가 왔다는 건 눈치채지 못한 모양이다.

예전 같으면 나도 기철이를 도왔을 거다. 하지만 기철이는 내게 비밀로 했고, 이제 그건 녀석의 약점이 된 거다. 하지만 왜 하나도 기쁘지가 않을까?

나는 솔직히 기철이가 부럽다. 기철이는 자기가 하고 싶은 걸 밀고 나가는 단단함을 가졌다. 절벽을 내려오는 동안 나도 기철이처럼 될 수 있을지 생각해 봤다. 역시 자신이 없다. 힘든 일 앞에서 기철이가 단단해지는 쪽을 택한다면 나는 망가지는 쪽을 택했다. 어쩌면 그게 나와 기철이의 차이인지도 모른다. 어느새 밀물이 들어오고 있었다.

별과 우주

우리는 망원경을 창가에 세워 두고 어두워지길 기다렸다.

그는 책장에서 오래된 별자리 책을 가져왔다. 요하네스 헤벨리우스가 그린 별자리가 볼 만했다. 이를테면 황소자리엔 뿔이 두 개 달린 황소 그림이, 사자자리에는 갈기가 사실적으로 묘사된 사자가 그려진 식이다. 그는 책장을 넘기며 그림을 살폈다. 나는 어깨너머로 책을 넘겨다봤다.

"나는 저게 곰인지 용인지 모르겠어요. 국자 모양은 알겠지만."

"국자 모양?"

"모양이 국자처럼 생긴 별자리요. 서양에서는 큰곰자리라고 하고 동양에서는 북두칠성이라고 해요."

그는 이해가 안 되는 모양이다. 나는 별자리 책을 더 가져왔다.

"이게 지구가 있는 태양계예요. 여기 있는 별자리는 지구에서 관찰한 것이고요."

그가 손가락으로 태양계 행성을 짚었다.

"태양, 8개의 행성, 이게 지구, 그리고 이건 지구의 위성."

마지막으로 짚은 건 달이다.

"맞아요."

내가 책장을 넘기자 그가 사진 하나를 다시 손가락으로 짚었다.

"이건 그로우스."

그가 짚은 건 W 모양의 별자리다.

"카시오페이아요?"

"여기선 그렇게 부르는구나."

카시오페이아자리에 있는 별 다섯 개를 연결하면 W 모양이 된다. 쌍안경으로 보면 큰 별 주위로 촘촘히 들어선 작은 별까지 볼 수 있는데 성능이 좋은 망원경이라면 붉은색, 노란색, 초록색 가스들로 뒤엉킨 거품 성운까지 볼 수 있다.

별자리 사진은 어릴 때 갖고 놀던 유리구슬과 비슷하다. 유리구슬 안에는 사진에서나 볼 수 있는 우주가 담겼는데 저마다 색이 달랐다. 나는 다섯에서 여섯 개의 구슬을 손에 쥐고 내 손에 들어온 우주를 빙글빙글 굴리며 아빠가 들려주는 별자리 얘기를 듣곤 했다.

"북극성 오른쪽에 있는 큰 국자 모양이 큰곰자리예요. 카시오페이아는 북극성을 사이에 두고 큰곰자리와 마주 보고 있어요. 북극성 아래에 있는 큰 별은 직녀별인데 밤하늘에서 다섯 번째로 밝아요. 아, 서양에서는 직녀별을 베가라고 해요. 우리나라에서는 직녀별이 은하수를 사이에 두고 독수리자리의 견우별과 마주 보고 있어요. 견우와 직녀가 서로 사랑하는 사이거든요."

"별마다 그런 이야기가 있니?"

"아마도요. 차이가 있긴 하지만 사람들이 별을 보고 그림을 그리거나 이야기를 만든 건 비슷해요."

"상상력이 뛰어나구나."

대문에 걸린 문패도 그랬다. 동양의 자미원은 서양의 작은곰자리다. 작은 국자 모양의 별자리는 하늘의 중심인 북극성을 포함해서 북극 오성으로 불렸다. 옛날 사람들은 이 별자리를 왕실 가족으로 생각했다. 자미원은 왕실을 상징하는 자미궁의 담이다. 자미원을 중심으로 대신들의 별이 모여 있는 태미원이 있고, 백성들이 모여 사는 천시원이 있다. 북극성 주변에 있는 별들은 모두 자미궁을 호위하는 신하와 장수별이다. 그중에서도 대장성은 태양을 호위하는 으뜸 장수다.

아빠는 하늘의 별자리를 집으로 가져왔다. 그래서 대문에 자미원이라는 문패를 달고 자신을 대장성이라고 했다. 하지만 이제 대장성이 사라졌으니 자미원은 무방비 상태가 돼 버렸다.

나는 고개를 들어 집을 둘러봤다. 문밖으로 아빠 방이 보였다. 서울에서 고모가 돌아오면 집을 내놔야 한다. 나는 이 집에 다른 사람이 들어와 사는 게 상상이 되지 않았다. 비록 오래 살지는 않았지만 이곳은 아빠와 머문 마지막 공간이다. 내게는 집이 곧 아빠나 마찬가지다. 내 인생에서 중요한 것들이 사라졌거나 사라질 예정이었다.

언젠가 나무에 붙어 있는 매미 유충의 껍질을 본 적이 있다. 등이 쩍 갈라진 채로 나무에 붙어 있는 매미 유충의 껍데기는 눈이며 다리며 뱃가죽의 주름까지 형태가 온전했다. 그건 생명을 품지 못한 빈 껍데기에 불과했다. 유충의 모습은 그대로지만 살아 있는 게 아닌. 이 집이 남의 집이 되면 나도 그렇게 껍데기만 남을 거 같았다.

"무슨 생각 하니?"

나는 그의 시선을 피하며 창가로 자리를 옮겼다.

"이제 별 봐요."

나는 그에게 망원경을 주고 쌍안경을 집어 들었다. 하늘엔 초승달이 떠 있다. 나는 북극성을 찾았다. 북극성을 찾아야 나머지 별자리를 찾기 쉬웠다.

북두칠성은 북서쪽으로 옮겨 갔고, 밤하늘의 중심에는 직녀별이 있는 거문고자리와 독수리자리 별들이 있었다. 줄 맞춰 늘어선 독수리자리에서 남쪽으로 눈을 돌리면 전갈자리와 궁수자리, 카시오페이아에 걸친 은하수가 보인다. 날이 훨씬 더 맑고 빛 공해가 없다면 은하수를 맨눈으로 볼 수 있다.

아주 어렸을 적에는 하늘을 가로지르는 은하수가 진짜 강인 줄 알았다. 그래서 은하수에서 물고기들이 헤엄치는 모습을 그림으로 그리곤 했다. 지금도 은하수를 보면 물소리가 들리는 착각이 든다. 나는 그에게도 은하수를 보여 주고 싶었다.

"망원경을 조금만 밑으로 내려 봐요."

그는 망원경에서 눈을 떼지 않은 채 시키는 대로 했다.

"조금만 더요. 뿌연 별 무리가 보여요?"

"그래, 보여."

"은하수예요. 아까 얘기했던 직녀별과 견우별도 보이죠?"

"잘 모르겠는데."

"직녀별이 은하수 위쪽에 있고, 아래쪽에 견우별이 있어요. 거기서 가장 밝은 별을 찾으면 돼요."

"찾았다."

그가 아이처럼 말했다. 그러곤 망원경에서 눈을 떼며 물었다.

"저 별들이 지금은 없을 수도 있다는 걸 아니?"

아빠도 비슷한 말을 한 적이 있다. 별은 스스로 빛을 내는 항성을 의미했다. 지구가 있는 태양계에서 유일한 별은 태양이다. 나머지는 모두 스스로 빛을 내지 못하는 행성이다. 태양을 떠난 빛이 지구에 닿는 데 걸리는 시간은 8분 4초. 그러니까 우리는 언제나 8분 4초 전의 태양을 보는 셈이다.

"붉은색으로 보이는 별은 오래된 거라 이미 사라졌을 수도 있어요."

"아빠가 가르쳐 줬니?"

나는 고개를 끄덕였다.

"에이야는 어디에 있어요?"

"여기서는 보이지 않는다."

"그렇게 멀어요?"

그가 어깨를 으쓱였다.

"천체사진에는 있을지도 몰라요."

나는 책장 아래 둔 상자를 들고 왔다. 거기에는 아빠가 수집한 천체사진이 들어 있다. 국제 천문 사이트에 새로운 사진이 등록될 때마다 현상해 둔 거다. 내가 바닥에 사진을 펼치자 그가 흥미를 보였다.

"있어요?"

그는 바닥에 늘어놓은 사진을 훑어보고 고개를 저었다. 나는 나머지 사진도 꺼냈다. 손에 잡힌 건 시리우스 사진이다. 동양에서는 늑대별 혹은 천랑성이라 불리는 별이다. 사진에는 노란 메모지가 붙어 있었다.

푸른 구름 저고리에 흰 무지개치마

긴 화살 들어 천랑성을 쏜다

– 굴원(중국 전국시대)

그러고 보니 예전에 아빠가 시를 옮겨 적던 모습이 생각났다. 늑
대개 천랑성이 천시원에 있는 닭을 노리기 때문에 활과 화살별 자리
가 천랑성을 겨눈다는 내용의 시다. 그가 사진 하나를 바닥에 내려놓
았다. 그리고 그보다 멀찍이 떨어진 바닥을 손가락으로 짚었다.

"에이야는 이쯤일 거 같다."

"굉장히 머네요?"

"그렇지."

"거기에 사람이 산다고요?"

"이상하니? 이렇게 작은 지구에도 생명체가 있는데."

맞는 말이다. 우주에는 수천만, 수십억에 이르는 천체가 있다. 그
중 지구에만 생명체가 있다는 건 공간에 대한 낭비나 마찬가지다. 빅
뱅으로 태양계가 생겨난 것처럼 우주 어딘가에 비슷한 조건을 가진
은하가 있을 테고, 거기에는 지구 같은 행성도 있을 거다. 눈에 보이
지 않는 세포가 존재하는 것처럼 우주 어딘가에도 생명체가 있다는
걸 믿어야 했다. 더욱이 그가 내 앞에 있는 이상.

그가 상자에서 혜성 사진을 들어 올렸다. 그 사진은 작년 이맘때

섬으로 들어오기 전에 캠핑 가서 찍은 거다. 카메라의 노출 시간을 길게 하면 혜성의 꼬리를 사진에 담을 수 있다. 페르세우스 유성우는 8월 중순이 되면 최대치에 이른다. 그때가 되려면 아직 시간이 남았지만 지금도 유성우 몇 개는 볼 수 있을 거다.

"옥상으로 가요."

우리는 랜턴을 챙겨 옥상으로 갔다.

내가 돗자리를 펼치고 드러눕자 그도 옆에 누웠다. 낮의 열기가 사라진 밤공기는 서늘했다. 그가 숲 공기를 깊이 들이마셔서 나도 따라 했다. 망원경으로 봤던 은하수는 밤하늘을 희끄무레하게 가로질렀다.

나는 서쪽 하늘을 손가락으로 짚었다.

"에이야는 이쯤일까요?"

그는 동쪽 하늘을 가리켰다.

"저쯤."

나는 그가 여기까지 오게 된 이유를 생각했다. 그는 항성 연구가 목적이라고 했지만 그게 다가 아닐 수도 있다. 어쩌면 우주에 신과 같은 존재가 있어서 그와 나를 만나게 한 건지도 모른다. 만약 진짜 신이 있다면 아빠는 벌써 그 신을 만났을 거다. 그리고 내가 그와 만날 수 있도록 신에게 부탁했을 수도 있다. 그가 여러 별을 떠돌다 여기에 온 것처럼 어쩌면 아빠도 다른 별을 떠돌고 있는지도 모른다.

나는 고개를 돌려 그를 봤다. 그때 그가 손가락으로 하늘을 가리켰다. 그의 손끝에서 유성 하나가 짧은 선을 그리며 사라졌다.

"별똥별을 보고 소원을 빌면 이뤄진대요. 소원 빌어 봐요."

그가 어리둥절한 얼굴로 나를 봤다.

"손해 볼 건 없잖아요."

그는 눈을 감고 소원을 빌었다.

"무슨 소원 빌었어요?"

"에이야로 무사히 돌아가게 해 달라고."

생각지도 못한 답이라 조금 놀랐다. 나는 여태 그가 돌아갈 거라는 생각을 하지 못했다. 하지만 다시 생각해 보니 그는 언제든 떠날 수 있었다. 나는 아무렇지 않은 척 물었다.

"어떻게 돌아갈 건데요?"

그가 파르도를 들었다. 그걸 보는 순간 모든 게 분명해졌다. 그가 분명히 알려 줬는데도 나는 그가 가진 물체가 성간 여행 장치라는 것도 잊고 있었다. 생각하고 싶은 것만 생각하고 믿고 싶은 것만 믿는 바보 같은 짓은 어떻게 가능한 건지 모르겠다. 그때 또다시 유성이 떨어졌다. 그가 물었다.

"너는 무슨 소원 빌었니?"

나는 대답하지 않았다. 아니, 할 수 없었다. 내 소원은 그와 오래 있고 싶다는 거다. 그가 하늘로 고개를 돌리며 물었다.

"아빠는 어떤 분이었니?"

나는 자리에서 일어났다.

"기억 안 나요."

그때 핸드폰 문자음이 울렸다. 고모다. 고모는 날마다 비슷한 시간에 문자를 보냈다. 일종의 안부 문자다. 하지만 이번 문자는 좀 길었다. 아빠가 머물 곳을 용인에 있는 납골당으로 정했다고 했다. 고모는 급한 일만 마무리하고 오겠다고 했다. 나는 고모에게 문자를 보냈다.

천천히 와도 돼.

소중한 것들이 빨리 사라지고 정리되는 게 참을 수가 없다. 조금만 더 천천히는 안 되나? 내가 됐다고 할 때까지 기다려 줄 수는 없나? 모두 내게서 소중한 것들을 빼앗으려 안달이 난 것 같다.

내가 자리에서 일어나자 그가 엉거주춤 따라 일어났다. 하지만 나는 그를 내버려 두고 계단을 내려왔다. 랜턴을 그의 옆에 두고 왔기에 발밑이 컴컴했지만 무섭지 않았다. 발밑에서 철제 계단이 부서질 듯 신음했는데 정말로 부서졌으면 좋겠다고 생각했다. 그가 영원히 옥상에서 내려오지 못하도록.

조금만 더

아침부터 부슬비가 내렸다.

기철이네 마루에 서면 담장 너머로 수평선이 보인다. 수평선에 걸친 구름이 회색에 가까운 걸 보니 바다에선 굵은 비가 쏟아지는 모양이다. 평소 같으면 수평선에 점점이 박혀 있을 배들도 보이지 않았다. 그건 바람이 분다는 증거다. 어선은 웬만한 비에는 출항하지만 바람이 불면 영락없이 붙박이 신세가 됐다. 아줌마가 사실을 확인시켜 줬다.

"오늘은 고깃배가 묶여가 일감도 읎다. 간만에 만난 거 해 줄 테니까 쪼매만 기달리 봐라."

곧이어 부엌에서 전 부치는 냄새가 진동했다. 기철이는 수돗가에서 칼을 갈았고, 그는 옆에 쪼그리고 앉아 구경했다. 두 사람의 머리칼에 부슬비가 하얗게 쌓여 가는 동안 '슥슥' 칼 가는 소리가 규칙적으로 들렸다. 기철이는 일찌감치 집에서 가장 역할을 했다. 생활비를 버는 건 아니지만 힘을 쓰는 일이라면 뭐든 녀석의 몫이다.

나도 기철이처럼 할 수 있을까?

자신이 없다. 어쩌면 기철이가 겪은 시간이 내게도 필요한지 모른다. 기철이가 아빠를 잃고 혼자 그 시간을 버텨 온 것처럼 나도 그런 시간이 필요했다. 하지만 정말 시간으로 해결될 수 있는 문제인지는 모르겠다. 기철이가 장수하늘소처럼 단단한 뿔과 갑옷을 가졌다면 나는 보들보들한 맨살을 한 애벌레 같다. 아니다. 전부 헛소리다. 나는 단단한 갑옷이었던 아빠를 빼앗긴 거다. 나한테서 아빠를 빼앗아 간 건 바로 여기, 섬이다.

기철이는 가끔 칼을 들어 날이 섰는지 확인하고 마음에 들지 않으면 다시 숫돌에 갖다 댔다. 그가 옆에서 존경 어린 눈으로 바라보고 있었기에 녀석은 그걸 실컷 즐겼다. 이제 겨우 칼 한 개를 갈았고 손대지 않은 칼이 세 개나 남았다. 잠시나마 내게도 혼자만의 시간이 생긴 셈이다.

해가 구름 속에 잠긴 탓에 방은 밤중처럼 컴컴했다. 바닥에 누우니 벽에 걸려 있는 셔츠가 보였다. 집에 갔을 때 아빠 옷장에서 꺼내 그에게 준 옷이다. 셔츠 주머니가 불룩하게 튀어나온 걸 보니 파르도가 들어 있는 모양이다. 나는 일어나서 밖을 한 번 내다보고 셔츠 주머니에 가만히 손을 넣었다. 파르도는 생각보다 무거워서 그가 한 손으로 가볍게 다루던 게 신기할 정도다. 나는 손바닥에 파르도를 올려놓고 검지로 표면을 살살 문질렀다. 구슬에 파인 홈들이 손끝에서 이리저리 꺾이면서 정교하게 얽혔다. 선과 선이 겹치는 부분에는 작은 홈이 패여 있었다. 그건 마치 복잡한 설계 도면이 둥근 형태로 만들어진 것과 비슷했다. 이 작은 물건으로 성간 여행을 한다는 게 신기했다.

'이게 없으면⋯⋯.'

파르도가 없으면 그는 에이야로 돌아가지 못한다. 나는 파르도를 꽉 움켜쥐었다. 그러자 그걸 없애고 싶다는 생각이 들었다. 하지만 그럴 순 없다. 나는 힘을 빼고 손바닥을 펼쳤다. 그때 파르도가 바닥으로 떨어졌다.

"딱."

나는 굴러가는 파르도를 재빨리 손으로 눌렀다. 소리가 커서 걱정했는데 밖에선 아무런 기척이 없다. 그는 기철이가 칼 가는 모습에 정신이 팔려 소리를 듣지 못한 모양이다. 나는 가만히 파르도를 주워 들었다. 그때 구슬에서 찰캉 소리가 나면서 뭔가가 바닥으로 떨어졌다. 나는 무릎을 꿇고 떨어진 것을 찾았다. 그건 얇은 막대였는데 손가락 한 마디 정도의 길이로 끝이 뭉툭했다. 뭉툭한 곳에는 작은 홈이 패여 있었다. 얼핏 보면 문방구에서 파는 실 핀 같지만 바늘처럼 둥글지 않고 납작했다. 엄지와 검지로 막대를 문질렀더니 역시 표면에 정교한 선이 새겨져 있다.

"뭐 하노?"

기철이 목소리에 나도 모르게 털썩 주저앉았다. 그러느라 손에 들고 있던 막대를 놓쳤는데 발치에 떨어진 탓에 금방 찾을 수 있었다. 내가 손가락으로 머리카락을 찍어 올리듯 막대를 주워 들자 기철이가 물었다.

"그거 저 사람 꺼 아이가?"

나는 재빨리 얼버무렸다.

"잠깐 구경한 거야."

나는 서둘러 셔츠 주머니에 구슬을 넣고 작은 막대는 내 바지 주머니에 넣었다.

"그건 또 뭐꼬?"

기철이가 바지 주머니를 흘겨봤다.

"아무것도 아니야."

"억수로 수상하구만."

추궁하는 말투가 거슬렸다.

"염탐이라도 하던 거야?"

기철이가 비아냥댔다.

"지랄하네. 비옷 가지러 왔다."

기철이는 서랍장으로 가더니 비옷 두 개를 꺼냈다. 기철이는 방을 나가면서 일부러 내 어깨를 밀쳤다.

"비키 봐라."

내가 기철이 팔을 잡아채려는데 아줌마 목소리가 들렸다.

"야야, 파전 무라."

기철이는 나에게 인상을 한 번 구기고 쪼르륵 달려 나갔다. 나는 한숨을 쉬고 방을 나갔다. 그는 벌써 상 앞에 자리를 잡고 앉아 있었다. 나도 모르게 주머니에 손이 갔는데 너무 작아서 그런지 막대가 느껴지지 않았다.

'나중에 돌려주면 돼.'

그렇게 생각했지만 파르도가 고장 났으면 어쩌나 걱정이 됐고, 그 때문에 그가 화를 내면 어떡하나, 너무 화가 나서 나를 미워하면 어쩌나 마음을 졸였다. 하지만 한편으론 구슬이 고장 나서 그가 떠나지 못하면 좋겠다고 생각했다. 아줌마가 빈자리를 손바닥으로 짚으며 말했다.

"여 온나, 앉그라."

나는 엉거주춤 자리에 앉았다. 넓은 쟁반에는 해물 파전이 수북했는데 파보다는 조개, 오징어, 홍합, 새우 같은 해물이 훨씬 많았다. 아줌마는 파전 한 쪽을 큼지막이 잘라서 내 입에 갖다 댔다.

"제, 제가 먹을게요."

"이거 하나는 받아 무라. 아줌마가 주고 싶어 그란다 아이가. 큰일 겪고 제대로 위로도 몬해 주가 맘에 걸렸는데, 니가 우리 집에 이래 와 있으니 참말로 좋다."

나는 아줌마가 내민 파전을 입에 물었다.

"궂은 날엔 기름질 한 게 제일인 기라."

나는 울컥하는 무언가를 파전과 함께 삼켰다.

잠시 뒤 그가 자리에서 일어났다.

"와요? 더 드이소."

아줌마 말에 그가 손바닥을 펴 보이며 괜찮다고 사양했다. 그가 하는 걸 보면 진짜 외국인 같다. 그것도 현지인과 말이 잘 통하지 않는 외국인. 그는 아줌마랑은 말보다 행동으로 소통했는데 그게 의외로 잘 먹혔다. 마당을 적시는 비가 굵어진 걸 보니 바다에 있던 구름이 섬으로 몰려온 모양이다. 쟁반에 수북하던 파전이 바닥을 드러낼 즈음 그가 방에서 튀어나왔다.

"어, 없어."

나는 우물거리던 파전을 꿀꺽 삼켰다.

"무, 무슨 일이에요?"

그가 손에 쥔 구슬을 내려다보며 말했다.

"조각이 없어……."

가슴이 철렁했다. 하지만 사실대로 말할 수는 없었다.

"자, 잘 찾아봐요."

기철이가 나를 노려봤고, 아줌마는 그를 올려다봤다.

"와예? 뭐가 없어졌습니꺼?"

나는 젓가락을 놓고 일어났다.

"같이 찾아요."

나는 방으로 들어가서 주머니에 든 걸 그에게 돌려줄 생각이었다. 방이 어둑하니 그에게 의심을 사지 않고 돌려줄 수 있을 것 같았다. 그런데 그가 내 손을 뿌리쳤다. 그러더니 말릴 새도 없이 마당으로 내려섰다. 아줌마가 깜짝 놀란 얼굴로 말했다.

"억수로 중한 긴가 보다."

그는 쏟아붓는 비도 아랑곳하지 않고 대문을 나섰다. 내가 그의 뒤를 쫓아 마당으로 내려서자 아줌마가 기철이를 타박했다.

"뭐 하노. 퍼뜩 우산 챙기 가라."

기철이가 뭐라고 구시렁거리는 소리가 들렸지만 나는 그대로 대문을 나섰다. 어지간히 속력을 내는데도 그와의 거리는 좀처럼 좁혀지지 않았다.

"잠깐만요."

그는 돌아보지 않았다. 나는 멈춰 서서 목청껏 외쳤다.

"삼촌!"

그 소리가 선착장을 쩌렁쩌렁 울렸다. 그사이 그는 더 멀어졌고 등 뒤에서 기철이 욕설이 들렸다. 나는 기철이를 돌아보지 않았다. 내 목소리를 들은 그가 돌아보지 않은 것처럼.

그가 달리기를 멈춘 곳은 우리 집이다. 집으로 들어간 그는 다짜고짜 손을 펴서 바닥을 훑기 시작했다. 거실의 책장 앞과 마루, 내 방 침대와 바닥, 그것도 모자라 부엌 바닥을 기어 다니며 거기 없을 게 뻔한 조각을 찾아 헤맸다. 나는 그의 뒤를 따라다니며 손을 바지 주머니에 넣고 더듬었다. 한참 만에 손끝에 딱딱한 게 만져졌다. 그에게 막대를 줘야 한다는 걸 알았지만 몸이 움직이지 않았다. 지금 그에게 이걸 주면 기뻐하기보단 막대를 감춘 나를 비난할 거다. 그걸 피하려면 나는 거짓말을 해야 하고, 나도 알지 못하는 내 마음을 변명하기 위해 횡설수설할 게 뻔했다. 최악에는 그가 당장 에이야로 떠나 버릴 수도 있었다. 기철이는 아까부터 찢어진 눈으로 나를 노려봤다. 나는 막대가 딸려 나오지 않게 주머니에서 손을 뺐다.

지금은 그를 보낼 수 없다. 아니, 보내기 싫었다.

어렸을 때 읽은 옛이야기 중에 선녀와 나무꾼 얘기가 있다. 이야기 속 나무꾼은 선녀가 하늘로 돌아가고 싶어 한다는 걸 알았지만 보내지 않았다. 이야기 끝은 어땠더라? 선녀는 나무꾼에게 날개옷을 달라고 졸랐고, 나무꾼은 선녀의 부탁을 거절하지 못해 날개옷을 줬다. 그래서 무슨 일이 벌어졌던가? 날개옷을 입은 선녀는 하늘 나라로 영영 올라가 버렸다. 어쩌면 선녀와 나무꾼 이야기를 만든 사람도 지금의 나처럼 하늘에서 온 존재를 만난 건지 모른다.

집 안을 샅샅이 뒤지던 그가 마당으로 나가자 기철이가 내 옆구리를 찔렀다.

"저 사람 와 저라노?"

나는 대답하지 않았다.

"저 사람이 찾는 거 아까 그거 아이가? 니가 주머니에 넣은 거 말이다."

"아니야."

"와, 남의 물건을 감추고 그라노? 퍼뜩 돌리주라."

"아니라니까."

"화내는 거 보이 맞네."

나는 어금니를 깨물며 중얼거렸다.

"잃어버렸어."

기철이는 놀라서 눈이 휘둥그레졌다.

"참말이가?"

"그래, 그러니까 좀 조용히 해."

"그래도 이건 아이지. 니는 저 사람이 저러고 있는 게 안 보이나? 알리 주야지."

나는 마당으로 나가려는 기철이를 잡아당겼다.

"그냥 내버려 둬."

"임마, 진짜 이상하네. 내가 말할 기다."

나는 기철이를 노려봤다. 기철이도 나를 노려봤다.

"네가 말하면, 나도 말할 거야."

"뭘? 뭘 말할 긴데?"

"네가 방수포 밑에 감춘 거 말이야."

기철이가 펄쩍 뛰는 시늉을 했다.

"무슨 헛소리고?"

나는 녀석의 옷자락을 움켜잡았다.

"너 배 갖고 있잖아. 그거 너희 엄마한테 말할 거라고."

기철이의 얼굴이 붉어졌다. 녀석은 불리할 때면 늘 그렇듯 입을 꾹 다물었다.

마당을 더듬던 그가 허리를 펴고 비가 쏟아지는 하늘을 바라봤다. 나는 집 안에 서서 그의 모습을 바라봤고, 기철이는 옆에 서서 나를 노려봤다.

그는 선녀처럼 하늘로 돌아가고 싶은 거다. 날개옷만 입으면 당장에라도 갈 수 있는 하늘로 말이다. 나는 똑같은 하늘을 보며 다른 바람을 가졌다.

'조금만 더 있어요.'

지금 또다시 누군가를 떠나보내는 일을, 특히 그를 보내는 일은 하고 싶지 않았다. 옆에서 기철이가 한숨을 내쉬었다. 녀석의 손에

는 펼치지도 못한 우산이 들려 있고, 거기서 뚝뚝 떨어지는 빗물이
마루를 적셨다.

이상한 소문

그는 어두운 방구석에서 파르도만 만지작거렸다.

나는 주머니에 든 걸 책 속에 끼워 넣었다. 그 책은 칼 세이건의 『코스모스』다. 지난번에 집에 갔을 때 챙겨 온 거다. 책 안쪽에 깊숙이 박아 놓은 막대는 어지간히 흔들지 않는 이상 빠질 염려가 없었다.

그는 투시 능력 같은 건 갖고 있지 않았다. 그때 내 방에서 외계인임을 증명한 뒤로 그는 힘을 사용하지 않았다. 자신의 에너지가 지구의 것이 아니기 때문에 어떤 식으로든 영향을 미칠 수 있다고 했다. 그가 한 말은 나비효과와 비슷했다. 브라질에서 한 나비의 날갯짓이 텍사스에서 돌풍을 일으킬 수도 있는가 하는. 그는 다른 행성에서 힘을 사용하는 것이나 정체를 드러내는 것은 금지되어 있다고 했다. 그는 순전히 아빠와의 인연 때문에 나한테만 자신의 정체를 밝혔다.

그의 주변에는 얇은 쇳조각이 뒹굴었다. 파르도에서 빠진 부품을 직접 만들려고 한 거다. 하지만 생각만큼 쉽지 않은지 시간이 갈수록 쇳조각만 늘어났다. 그가 애쓰는 모습을 보고 있는 것이 괴로웠다. 하지만 나는 사실을 말하기가 두려웠고, 이렇게라도 그가 머물러 주기를 바랐다. 조각은 적당한 때에 돌려주면 된다.

"잃어버린 것만 찾으면 문제없는 거죠?"

내 물음에 그가 고개를 끄덕였다.

"어떻게 작동해요?"

그가 파르도를 들어 올렸다.

"이건 압축된 우주선이다. 표면의 홈들을 이렇게 연결하면 작동이 되지."

그가 손가락으로 복잡한 선을 따라 그리자 구슬에서 푸른빛이 새어 나왔다. 하지만 곧바로 빛이 사그라졌다.

"제대로 되지 않는 거야. 여기 있는 게 빠졌거든."

"원래는 어떻게 되는데요?"

"파르도를 중심으로 공간이 만들어지지. 내부에 축약된 우주선이 바깥으로 구현되는 거야. 우주선을 제대로 작동시키기 위해선 주변의 방해를 받지 않을 만큼 넓은 공간이 필요해."

"얼마나요?"

"선착장 정도면 좋겠지. 하지만 거기는 물건이 너무 많아."

선착장은 섬에서 가장 넓은 공간이다.

"여기는 그렇게 넓은 곳이 없어요. 바다라면 모를까."

그가 문밖으로 고개를 돌렸다.

"그래, 바다가 있지."

"해변은 어때요?"

"그렇구나. 해변도 있어. 하지만 거긴 돌과 바위가 있지."

무슨 말을 해도 그의 기분은 나아지지 않았다.

"작동된 뒤에는 어떻게 돼요?"

"구현된 우주선 테두리로 차폐 에너지가 발생돼. 눈에 보이진 않지만 다가오는 것들을 전부 밀어내는 힘이야. 에너지는 방해물을 밀어내고 우주선에 추진력을 가속시키지."

"그 추진력으로 성간 여행을 하는 건가요?"

그가 고개를 저었다.

"그렇게만 하면 짧은 시간에 먼 거리를 이동하는 건 불가능해. 이동할 궤도를 조정하는 건 우주선 내부에서 해. 이동할 좌표를 입력하면 그곳과 우주선을 잇는 통로가 발생되고 그 통로를 통해 순간 이동하는 거다. 그때는 우주 성분을 이용한 표면폭발로 가속화가 이루어지지."

그가 하는 말을 다 이해할 수는 없지만 에이야로 돌아가고 싶은 바람만큼은 충분히 느낄 수 있었다. 그는 자기가 누군지도 모르냐며 닦달을 당할 때보다 더 우울한 표정을 지었다. 그를 이토록 우울하게 만든 건 나다. 지금이라도 감춰 놓은 막대를 주기만 하면 된다. 그가 화를 내고 나를 미워하게 되더라도 지금보다 행복할 거다. 하지만 그가 지금 당장 가야 할 이유는 없지 않은가? 불시착하긴 했지만 새로운 별을 연구한다고 했고, 어차피 이리된 거 섬에 머물면서 지구에 대해 알고 싶다고 했다. 그러니 그가 당장 돌아갈 이유는 없는 거다. 내 욕심이래도 상관없다.

그때 그가 중얼거렸다.

"이제 사흘밖에 남지 않았는데……."

"무슨 말이에요?"

"그게 내가 여기 있을 수 있는 시간이야. 그때가 지나면……."

"지나면요?"

그가 슬픈 얼굴로 웃었다.

"그건 나도 몰라. 어쩌면 사라질지도 모르지. 다른 행성에 머무는 건 많은 에너지가 필요해. 내가 지구인처럼 보이는 것도, 지구인처럼 생각하고 말하는 것도 전부 에너지지. 에너지가 바닥나면, 글쎄 모르겠구나."

"에너지를 보충하거나 그럴 수는 없어요?"

그가 고개를 저었다.

"여기엔 내가 필요로 하는 에너지가 없어."

나는 고개를 떨궜다.

"죄송해요. 나 때문에……."

"네 잘못이 아니야. 이런 일이 생길지 모르고 내가 에너지를 낭비한 게 잘못이야."

나는 고개를 들어 그를 봤다.

"낭비요?"

그가 대답 대신 검지를 추켜세웠다. 그 순간 나는 깨달았다. 그가 고장 난 카메라를 고치고 나를 비롯해 내 방에 있는 물건들을 공중으로 들어 올린 것 역시 에너지를 사용한 거란 걸. 이제 망설이고 말고 할 이유가 없었다. 그에게 당장 막대를 돌려줘야 했다. 하지만 곧바로 그가 했던 말이 떠올랐다. 사흘. 아직 그에게 그 정도의 여유는 있다고 했다. 그리고 부품은 찾기만 하면 문제없다고 했다. 지금 그에게 막대를 돌려주면 그는 망설이지 않고 떠날 게 분명하다. 나는 이대로 그를 보내고 싶지 않았다. 딱 하루면 된다. 그 뒤에는 무슨 일이 있어도 그에게 막대를 돌려줄 거다. 나는 그를 바라봤다.

"갈 수 있을 거예요."

그가 미소를 지으며 시선을 돌렸다. 그의 눈이 닿은 담장에 푸른 띠가 펼쳐졌다. 바다다. 나는 그의 기분이 나아질 수만 있다면 뭐든 하고 싶었다.

"바다에 갈까요?"

그제야 그가 나를 봤다.

"수영할 줄 알아요?"

"수영?"

"바다에 들어가서 헤엄치는 거요. 지난번에 바닷속이 궁금하다고
했잖아요."

나는 침이 튀도록 설명했다.

"지난번에 낚시하는 거 봤죠? 바닷속에 들어가면 물고기도 볼 수
있어요. 물고기 말고 다른 것도 있어요. 해초랑 조개랑 성게. 아, 조
금 더 깊이 들어가면 전복도 딸 수 있을걸요."

물론 나는 그렇게 깊이 들어가 본 적이 없다. 바닷속에서 전복을
땄다는 얘기는 기철이한테 들은 거다.

"흥미롭구나."

나는 그가 결정할 수 있도록 쐐기를 박았다.

"수영하다 힘들면 낚시해도 돼요. 물고기가 많이 잡히는 곳을 알
고 있거든요."

지금까지 얘기한 건 기철이 없이는 할 수 없는 거다. 수영하기 좋
은 장소를 아는 것도 기철이고, 물고기가 많은 곳을 아는 것도 기철
이다. 기철이는 타고난 낚시꾼이라 물속에 낚싯대를 드리우기만 해
도 물고기들이 알아서 덤벼들었다. 드디어 그의 얼굴에 긍정적인 반

응이 떠올랐다.

"기철이도 같이 가니?"

"아저씨가 원하면요."

"같이 가면 좋을 거 같다."

"기철이한테는 내가 얘기할게요."

"언제 가니?"

나는 문밖을 내다봤다. 해는 벌써 서쪽으로 한참이나 기울었다.

"내일 아침에 가요."

그가 고개를 주억거렸다.

마침 기철이가 대문으로 들어섰다. 나는 맨발로 내려가 기철이를
반겼다.

"잠깐, 나 좀 보자."

"와 이라노? 니 또 사고 쳤나?"

"그런 거 아니야."

나는 기철이를 마당 한구석으로 데려갔다. 기철이가 내 팔을 뿌리
쳤다.

"이거 놓고 말해라."

"부탁 좀 하자."

기철이가 눈살을 찌푸렸다.

"부탁?"

"내일 낚시 가자."

기철이가 콧방귀를 뀌었다.

"쳇, 한가하네. 그럴 시간 없다. 니나 실컷 놀아라."

가는 말이 고우면 오는 말이 곱다는 속담은 틀린 거 같다. 나는 인상을 구겼다.

"좋은 말로 할 때 협조해라. 안 그러면 확 불어 버린다."

기철이 얼굴이 굳어졌다. 그때 기막힌 타이밍으로 아줌마가 대문을 들어섰다. 아줌마는 옷에 묻은 먼지를 수건으로 탈탈 털며 말했다.

"느그들 집에 있었네."

나는 깍듯이 인사했다.

"다녀오셨어요."

"오야."

기분 좋게 대꾸하던 아줌마가 우리를 번갈아 봤다.

"둘이 거서 뭐 하노?"

나는 냉큼 앞으로 나섰다.

"내일 기철이랑 낚시 가려고요. 아, 배 타는 거 말고 바닷가 낚시요."

아줌마가 활짝 웃으며 반겼다.

"하머, 그래야지. 그라믄 내일 저녁은 회 먹겠네?"

114

내가 큰 소리로 말했다.

"많이 잡아 올게요."

아줌마가 고개를 돌린 틈을 타서 나는 기철이 옆구리를 팔꿈치로 쳤다. 녀석이 어쩔 수 없다는 듯 말했다.

"많이 잡아 올게."

기철이는 마지못해 창고에서 낚시 도구를 챙겨 나왔다. 나는 기철이가 시키는 대로 낚싯대에 낚싯줄을 걸고 바늘을 끼웠다. 그리고 낚싯밥으로 쓸 돼지비계도 적당한 크기로 썰었다. 칼이 잘 드는 걸 보니 기철이가 제대로 갈아 놓은 모양이다. 다 썰어 놓은 비계는 통에 가지런히 담아서 냉장고에 넣었다. 그러고도 기철이는 나한테 그물망을 가져와라, 뜰채를 가져와라, 수경을 가져와라, 이거 해라 저거 해라 종 부리듯 부려 먹었다. 나는 시키는 대로 했는데 기철이 때문이 아니라 그를 위해서다. 여태 우울한 낯빛을 하고 있던 그의 얼굴에 오랜만에 미소가 보였다.

잠시 뒤, 아줌마가 부엌에서 저녁을 내왔다. 아줌마는 큼지막한 상추쌈을 입에 넣으며 물었다.

"참, 느그들 그 소문 들었나?"

아줌마는 상추쌈을 꾹꾹 씹어 삼키며 말을 이었다.

"사람들이 그라는데 뭍에서 들어온 도둑놈이 험악한 범죄자라 카더라."

우리는 동시에 물었다.

"범죄자?"

"범죄자요?"

아줌마가 두 번째 상추쌈을 싸며 말했다.

"그래, 아주 흉악하다 카드라. 경찰들이 여기저기 쑤시고 다니고 아주 난리도 아니라카이. 그라니까 느그들도 바닷가에서 수상한 사람 보면 꼭 신고하그라. 알았제?"

우리는 얼떨결에 고개를 끄덕였다.

아줌마는 세 번째 상추쌈을 오물거렸다.

"손바닥만 한 섬에 무신 해괴한 일인지……."

그게 사실이거나 말거나 저녁밥은 너무 맛있고, 동쪽 하늘에는 샛노란 반달이 걸려 있었다. 마을 어딘가에서 까마귀가 울었지만 역시나 그러거나 말거나다.

늑대개의 염탐

우리는 아침 일찍 서둘렀다.

아침에 안개가 끼는 날은 더웠다. 우리는 더워지기 전에 낚시를 하고 더워진 뒤에는 수영을 하기로 했다.

기철이는 빈손으로 앞장을 섰다. 그 바람에 전날 챙겨 놓은 짐은 모조리 내 차지가 됐다. 나는 녀석의 뒷모습을 흘기며 낚싯대가 든 가방을 어깨에 멨다. 그물과 뜰채는 오른손에 들고, 수경과 오리발, 스노클이 든 가방은 왼손에 들었다. 하지만 그것 말고도 더 있다. 아줌마가 챙겨 준 아이스 백에는 얼린 물과 토마토와 주먹밥이 들었다. 나는 짐의 균형을 맞추며 천천히 아이스박스로 손을 뻗었다. 그때 그가 다가와 아이스박스와 내 손에 들린 낚시 도구를 가져갔다.

내가 쳐다보자 그가 어깨에 멘 가방을 보며 말했다.

"무거우면 바꿀까?"

나는 허리를 똑바로 펴며 말했다.

"괜찮아요. 이 정도는 까딱없어요."

그는 '까딱'이란 말을 이해하지 못했는지 "까딱?" 하고 따라 했다. 나는 설명이 길어질 것 같아 그냥 웃고 말았다.

나는 섬에 와서 낚시란 걸 처음 해 봤다. 그건 아빠도 마찬가지였다. 아빠가 낚시 가게 주인에게 사용법을 묻고 또 묻는 통에 나중에는 주인이 타박했다.

"하면서 느는 기지, 처음부터 잘할라 합니꺼?"

방파제 낚시터에서 엉킨 낚싯줄을 붙들고 쩔쩔매던 우리에게 기철이가 다가온 건 행운이었다.

기철이는 낡은 낚싯대―어떤 건 그냥 대나무 막대도 있었다―를 갖고도 우리보다 물고기를 잘 낚았다. 기철이와 친해진 것도 낚시 때문이다. 여기 학교에 다니면서 교실에서 몇 번 낯을 익힌 뒤로 말을 가장 많이 한 것도 낚시하면서다. 기철이는 제 낚싯대를 살피는 틈틈이 나와 아빠를 가르쳤다. 미끼의 크기, 낚싯대를 던져야 할 포인트, 물고기를 유인하는 법, 손에 감각을 익히는 것 등 우리는 많은 것을 배웠다. 선생은 정말 잘 만난 셈이다. 아빠는 기철이에게 배우는 걸 즐거워했다. 그날, 처음으로 물고기를 낚은 아빠는 아이처럼 좋아했다.

"역시 실전이 중요해. 그치, 주인아?"

하지만 아빠는 건져 올린 물고기 입에서 바늘을 어떻게 빼야 할지 몰라 애를 먹었다. 기철이는 마법에 가까울 정도의 빠른 손놀림으로 물고기 입에서 바늘을 빼고 어망에 담았다. 그때 아빠는 손바닥을 모으고 기철이를 향해 고개를 숙였다.

"스승님, 앞으로도 많은 가르침 부탁합니다."

기철이는 어쩔 줄 몰라 하면서도 뿌듯해했다. 그날 우리는 꽤 많은 물고기를 잡았고, 아빠는 두 마리만 남기고 모두 기철이에게 줬다.

"스승님한테 수업료를 내야지. 공짜로 배우면 쓰나."

나는 기철이의 어망으로 물고기를 옮기는 걸 자처했다. 헤어지면서 기철이는 아빠에게 허리를 반으로 접어 인사했고 내게는 멋쩍게 손을 흔들었다. 나는 물고기를 잡은 것보다 기철이와 친구가 된 게 더 좋았다.

기철이는 골목 어귀에서 짝다리로 서서 우리가 오는 걸 지켜봤다.

세상 끝날 때까지 친구일 것 같던 친구가 기철이다. 만약 아빠가 지금의 우리를 보면 이렇게 말할 거다.

"사내놈들이 왜 이리 오래 삐쳐 있냐?"

그러면 나는 뭐라고 대답할까? 이게 다 아빠 때문이라고, 그렇게 말해야겠다.

"공깃돌 바윗가가 좋을 기다."

기철이는 우리가 다가오자 내뱉듯 말하고 다시 앞장섰다.

공깃돌 해변은 말 그대로 공깃돌 같은 바위가 늘어선 곳이다. 하지만 거기 있는 공깃돌은 작은 공깃돌이 아니다. 지프차 한 대와 맞먹는 크기의 바위가 공깃돌 모양으로 생긴 거다. 옛날에 세상을 만든 마고 할미가 갖고 놀던 공깃돌이라는 전설이 전해졌다. 바위는 제법 평평하고 널찍해서 낚시하기에 좋았다. 또 바위가 들쭉날쭉 놓여 있지 않고 나란히 늘어선 탓에 물살도 세지 않았다.

우리가 선착장을 막 돌아 나갈 때 행정선에서 사람들이 내렸다. 그중에 유 형사도 있었다. 유 형사는 경찰 정복을 입은 사람 옆에서 연신 허리를 굽혔다. 그걸 본 기철이가 말했다.

"늑대개라 하드만 하이에나네."

나는 한겨울에 가장 밝게 빛나는 별인 늑대개가 정말 멋지다고 생각했다. 하지만 늑대개가 높은 사람한테 굽신거리는 유 형사와 연결되는 순간 그 생각이 싹 사라졌다. 나는 혼잣말로 중얼거렸다.

"늑대개는 무슨."

기철이 말에 맞장구를 치려는 건 아니었는데 녀석은 그렇게 느낀 모양인지 고개를 끄덕였다.

공깃돌 바위에 닿은 우리는 들고 온 짐을 한곳에 모아 놓고 낚시할 곳을 찾아 바위를 건너다녔다. 기철이는 보란 듯이 바위 하나를 건너뛰면서 나와 그에게 당부했다.

"넘어지면 머리통 깨집니더."

그리고 혼잣말처럼 덧붙였다.

"머리통 깨지면 기억이 돌아오려나."

기철이는 여전히 그를 기억상실증 환자로 여겼다. 우리는 앞서 걷는 기철이를 보며 동시에 어깨를 으쓱였다.

바위 하나씩을 차지하고 낚싯대를 드리우자 기철이가 그에게 낚시하는 법을 가르쳤다. 가끔 그와 기철이 사이에서 웃음이 터졌고, 나는 그 모습을 말없이 지켜봤다.

자세히 보면 그는 아빠와 닮지 않았다. 아빠보다 키도 컸고 팔다리는 가늘고 길었다. 그에 비하면 아빠는 근육질이었다. 아빠의 근육은 사이클을 꾸준히 탄 덕분이다. 내가 초등학교 때까지만 해도 아빠는 사이클로 전국 일주를 했다. 물론 별을 관찰하기 위해서다. 하지만 어느 순간 아빠는 더 이상 사이클을 타지 않았다.

어느 날, 아빠가 연극배우처럼 읊조렸다.

"주인이 크는 만큼 아빠는 늙어가고 있도다."

체력이 약해졌다고는 하지만 아빠는 건강 체질이었다. 겨울에도 반소매를 입을 만큼 열이 많았고, 몸살감기에 걸려 앓아누운 적도 없다. 오히려 계절이 바뀔 때마다 콧물을 훌쩍인 건 나다. 내가 수시로 병원을 들락거리는 동안에도 아빠는 끄떡없어서 나는 아빠가 무쇠, 그것도 절대로 녹슬지 않을 강철이라고 생각했다.

어느새 낚싯줄이 팽팽해졌다. 짜릿한 감각이 손목을 타고 팔뚝까지 올라왔다. 기철이가 내가 있는 바위로 옮겨 왔고, 그도 저만치 떨어진 바위에서 자신의 낚싯대를 손에 쥔 채 나를 바라봤다. 기철이가 말했다.

"큰 놈인갑다."

휘어진 낚싯줄의 상태가 보통은 넘었다. 기철이가 낚싯대를 잡고 힘을 보탰다.

"이러다 끊어지는 거 아냐?"

"그랄 일 없다. 내 믿어 봐라 쫌."

기철이는 요령껏 낚싯줄을 놓았다 당겼다 했다. 나는 기철이가 하는 대로 몸을 맡기고 물고기와 줄다리기를 했다. 먼저 힘이 빠진 쪽이 백기를 들었다. 공중으로 솟아오른 물고기를 보고 우리는 고함을 질렀다.

"와."

그가 낚싯대를 내려놓고 내가 있는 곳으로 건너왔다. 바위로 올라온 물고기는 노래미다. 크기가 팔뚝만 해서 그런지 힘도 넘쳤다. 노래미는 바닥에서 30센티나 튀어 오르며 공기를 털어 냈다. 기철이가 장갑을 내밀었다.

"니가 해라."

바늘을 빼라는 얘기다. 나는 장갑을 끼고 심호흡을 한 뒤 바닥에 무릎을 대고 장갑 낀 손으로 노래미를 눌렀다. 손 밑에서 펄떡이는 생명력에 몸 전체가 쩌릿했다. 다행히 낚싯바늘이 입 가장자리에 끼워져 빼내기가 수월했다. 노래미는 성질이 고약해서 바늘을 빼다 물렸다는 얘기가 심심찮게 전해지는 어종이다.

그새 기철이는 어망을 가져왔고, 그가 기철이를 도와 어망 입구를 벌렸다. 나는 물고기가 바닥에서 튀어 오르지 못하게 꽉 누른 채로 어망 속으로 밀어 넣었다. 두 손으로 노래미를 들었다간 힘에 못 이겨 놓칠 게 뻔했다. 큰 물고기를 어망에 넣는 걸 가르쳐 준 것도 기철이다. 노래미가 담긴 어망이 무사히 물속으로 잠기자 기철이가 내게 손바닥을 펼쳤고, 나는 아무렇지 않게 하이파이브를 했다. 그러다 우리는 동시에 서로를 보며 멋쩍게 웃었다. 그도 옆에서 우리를 보고 미소 지었다.

그 뒤로 우리가 잡은 건 손바닥만 한 볼락 두 마리와 감성돔 한 마리가 전부였다. 그는 한 마리도 잡지 못했다. 나는 그를 위로했다.

"다음엔 잡힐 거예요."

옆에서 기철이가 빼기듯 말했다.

"내는 처음부터 잘했다."

나는 기철이에게 눈을 흘겼다.

해가 하늘 꼭대기에 걸리면서 바위를 덮은 자투리 그늘도 사라졌다. 기철이가 낚싯대를 걷었다.

"그만 수영하자."

기철이는 옷을 훌렁 벗고 팬티만 입은 채 몸을 풀었다. 나는 웃옷은 벗지 않고 바지만 벗었다. 그는 나를 따라 했다. 기철이의 몸은 구릿빛으로 그을려 거뭇거뭇했고, 나와 그의 허벅지는 햇빛을 구경도 못한 양 허여멀겋다.

기철이는 준비도 우리보다 간단해서 수경이나 오리발, 스노클도 착용하지 않았다. 그것들은 모두 나와 그의 몫이다. 그는 말 잘 듣는 아이처럼 내가 하는 걸 보고 따라 했다. 나는 오리발을 발에 끼워서 고정하고 수경을 바닷물에 헹궜다. 그래야 물속에 들어갔을 때 수경이 뿌옇게 되는 걸 막을 수 있었다.

기철이가 먼저 물에 들어가고, 그다음으로 내가, 마지막으로 그가 물속으로 들어왔다. 다행히 물이 깊지 않아 바닥에 발이 닿았는데 기철이와 나는 수면 위로 어깨가, 그는 가슴까지 물 밖으로 나왔다.

기철이는 몸통이 우락부락한데도 물고기처럼 잠수했다. 내가 손가락으로 바닷속을 가리키자 그가 고개를 끄덕였다. 나는 숨을 깊이 들이쉬고 잠수를 했다. 잠시 뒤 그가 물속으로 들어오는 게 보였다. 물이 잔잔해서 그런지 시야가 넓었다. 기철이는 바닥을 향해 내려갔고, 그와 나는 가까이 붙어서 바닷속을 구경했다.

바닷속에는 뭍에서는 볼 수 없는 정원이 펼쳐져 있었다. 큼지막한 바위에서 자란 해초들은 꽃처럼 알록달록하고, 작은 물고기들이 해초 사이를 천천히 혹은 빠르게 헤엄쳐 다녔다. 그는 손으로 물고기를 잡으려고 시도했지만 번번이 실패했다. 잠시 뒤 기철이가 꽤 큼지막한 전복을 들고 나타났다. 기철이가 물 밖으로 나가는 걸 보며 우리도 물 밖으로 나갔다. 기철이가 전복을 들어 올리며 말했다.

"저짝에 더 있다."

내가 고개를 끄덕였다.

기철이는 바위로 올라가 챙겨 온 양파 자루를 허리에 맸다. 그리고 손에 들고 있던 전복을 양파 망에 넣었다. 기철이가 기세 좋게 물속으로 다이빙을 하자 우리도 숨을 들이쉬고 잠수했다. 기철이 꽁무니를 따라가자 바위 군락이 나타났다. 전복은 그 바위에 붙어 있었는데 언제 챙겨 왔는지 기철이가 납작한 쇠막대 두 개를 내밀었다. 바위에 붙은 전복을 따는 도구다. 우리는 막대를 하나씩 나눠 들고 바위를 더듬었다.

전복 껍데기에는 해초가 자라고 있기 때문에 꼼꼼히 살펴야 찾을 수 있다. 어떤 전복 껍데기에는 다시마가 자라고 있기도 했는데 미역과 다시마를 주로 먹는 전복이 먹잇감을 달고 다니는 셈이다. 기철이와 나는 전복을 한 개씩 발견하고 거기에 매달렸다.

그때 뒤에서 그가 내 등을 콕콕 찔렀다. 무슨 일인가 싶어 뒤돌아보니 그가 주먹 쥔 손을 내밀었다. 주먹 안에는 아주 작은 물고기가 들어 있었다. 그가 기철이를 건너다봤다. 기철이는 우리에게 등을 돌린 채 전복을 따느라 정신이 없었다. 그때 그가 손바닥을 펼쳐서 물고기를 놓아주었다. 그의 손에서 벗어난 물고기는 조금씩 몸집이 부풀었고 그대로 기철이에게 다가갔다. 물고기가 기철이의 종아리를 스칠 즈음엔 크기가 1미터가 넘었다. 나는 스노클을 한 걸 잊고 하마터면 입을 벌릴 뻔했다.

커다란 물고기의 기척을 느낀 기철이는 화들짝 놀라 다리를 버둥거렸다. 기철이는 주위를 두리번거렸지만 그새 물고기는 원래 크기로 작아진 상태였다. 물을 들이마셨는지 기철이 입가에 거품이 뽀글거렸다. 나와 눈이 마주친 기철이는 손가락으로 위를 가리키며 빠르게 수면으로 올라갔다. 나는 기철이를 따라 헤엄쳤다. 물 밖으로 나오니 기철이가 연거푸 얼굴을 닦으며 사방을 두리번거렸다.

"그 사람은 어딨노?"

나는 시치미를 떼고 물었다.

"왜 그러는데?"

"야, 상어다, 상어. 빨리 물 밖으로 나가야 된데이."

그가 물 밖으로 고개를 내밀자 기철이가 큰 소리로 외쳤다.

"퍼뜩 나가소."

우리가 아무 대꾸도 없이 웃고 있자 기철이가 의심스러운 눈초리로 봤다.

"니 장난쳤나?"

기철이는 커다란 물고기를 잘못 봤다고 생각하는 눈치다. 나는 어깨를 올렸다 내렸고, 그도 나를 따라 했다. 약이 오른 기철이가 손바닥을 펴서 우리에게 물을 퍼부었다. 우리는 물을 피해 달아났고, 기철이는 분이 풀리지 않는지 머리 위로 계속 물을 퍼 올렸다. 공기 중으로 흩어진 물보라가 햇빛을 받아 반짝였고, 우리 웃음소리도 그랬다.

바위로 올라온 기철이는 양파 자루를 들어 보였다.

"해삼만 있으면 딱인데."

아줌마가 도톰하게 썬 해삼을 오독오독 먹던 모습이 생각나서 내가 말했다.

"식당에서 사 가자."

기철이가 양파 자루를 물속에 담그며 말했다.

"그럴 거까진 없다."

우리는 바위에 앉아 아줌마가 싸 준 점심을 먹었다. 김 가루로 뭉친 주먹밥에는 김치와 다진 햄을 볶은 양념이 들어 있었다. 우리는 단숨에 주먹밥 두 개를 먹고 큼지막한 토마토도 두 개씩 해치웠다. 얼음이 적당히 녹은 물은 탄산음료보다 달았다. 우리는 볼록해진 배를 두드리며 하늘에 떠가는 구름을 봤다.

"담요 같다."

내 말에 기철이가 별수 없다는 듯 말했다.

"또 구름 타령이가. 니 그럴 때 보면 꼭 가시나 같다."

아빠는 밤하늘을 좋아했고, 나는 낮 하늘을 좋아했다. 아니, 정확히는 구름을 보는 게 좋다. 별은 같은 모습으로 제자리에 있지만 구름은 제자리에 머물지 않았다. 게다가 모양도 같지 않다. 어느 날은 파도처럼 길게 띠를 이루기도 하고, 흰색 물감을 펴 바른 것처럼 넓적할 때도 있다. 떼 지어 있는 양떼구름이 있는가 하면, 알라딘의 요술 램프에서 피어오른 것 같은 뭉게구름도 있고, 새털처럼 가벼워 보이는 새털구름과 가장자리가 흐트러져 드문드문 떨어진 조각구름도 있다.

예전에 바닷가에 나오면 기철이는 수영하고, 나는 바위에 기대서 크로키 북에 구름을 그리곤 했다. 그때마다 기철이가 이해할 수 없다는 듯 혀를 찼지만 나는 별보다 구름이 좋다. 밤하늘의 별은 비밀을 감춘 것 같지만 바람이 불면 흩어지는 구름은 감춘 게 아무것도 없었다. 나는 손가락으로 큰 구름을 가리켰다.

"뭐 같아요?"

기철이가 기다렸다는 듯 답했다.

"내는 범선이 보인다. 영화에서 봤던 그런 범선."

"아저씨는요?"

그가 한참 만에 대답했다.

"소로니."

"그게 뭐예요?"

"내가 있던 곳."

옆에서 기철이가 몸을 비스듬히 일으켰다.

"뭐꼬? 저 아저씨 기억 돌아왔나? 소로니라 카면 어데? 외국이
가?"

나는 기철이에게 묻지 말라는 눈짓을 보냈다. 기철이는 눈을 몇
번 끔벅이더니 알았다는 표정을 하고 도로 누웠다. 파르도에서 떨어
진 막대를 갖고 있다는 걸 그에게 말하는 것만큼이나 그가 외계에서
왔다는 걸 기철이에게 말하는 것도 힘들었다. 아니, 그건 힘든 게 아
니라 아예 할 수 없는 일이다.

그가 내 쪽으로 고개를 돌렸다.

"너는 뭐가 보이니?"

나는 구름에서 아빠 얼굴을 찾았다. 하지만 사실대로 말하기 싫었
다. 내가 일어나서 짐을 챙기자 기철이와 그가 주섬주섬 거들었다.

우리는 집으로 돌아가는 길에 횟집에서 해삼 세 마리를 샀다. 기
철이가 그럴 거 없다며 말렸지만 나는 돈을 꺼내 계산했다.

대문이 보이는 골목 어귀에서 유 형사가 어슬렁거리며 걸어왔다.
기철이와 나는 엉겁결에 고개를 숙여 인사했고, 유 형사는 평소와 달
리 우리를 위아래로 한참이나 훑어봤다. 그리고 어망을 보며 한마디

했다.

"재주가 좋네."

그는 물고 있던 이쑤시개를 바닥에 '퉤' 소리 나게 뱉으며 우리를 지나쳤다. 그리고 등 뒤에서 길게 휘파람을 불었다. 그렇게 기분 나쁜 휘파람 소리는 처음이었다.

우리가 대문을 들어서자 마루를 닦고 있던 아줌마가 고개를 들었다. 아줌마는 묵직한 어망과 양파 주머니를 보고는 신발을 대충 걸치고 뛰어왔다.

"아이고, 마이도 잡았네."

아줌마 눈은 해삼에서 떠날 줄 몰랐다. 기철이가 어망과 양파 주머니를 건네며 물었다.

"유 형사라는 사람 여 왔었나?"

아줌마가 수돗가에 잡아 온 것들을 쏟아 내며 말했다.

"모리겠다. 걸레 빨다 보이께니 꼭 도둑괭이맨치롬 담장을 기웃거리드라."

나는 낚시 가방을 창고에 들여놓다 말고 멈칫했다. 기철이가 목소리를 높였다.

"와 그랬다는데?"

아줌마가 식칼로 노래미의 아가리를 찌르며 말했다.

"별거 다 물어보드라."

"뭘 물어보는데?"

아줌마는 붉은 피가 묻은 식칼을 공중에 휘두르며 말했다.

"쓸데도 없는 기다. 신경 쓰지 마라. 그보다 도마 좀 갖고 온나."

나는 창고에 가방을 던져 놓고 부엌으로 갔다.

"제가 가져올게요."

아줌마가 흥이 난 목소리로 말했다.

"오늘 저녁은 이걸로 충분하겠네."

부엌에서 도마를 꺼내 오자 아줌마는 두 번째 희생 제물인 감성돔을 들어 올렸다. 아줌마는 손바닥만 한 감성돔을 이리저리 돌려 보며 말했다.

"아이고, 죽어삤네."

등골이 오싹했다. 죽음이란 것은 이토록 가까이 있다.

아줌마는 죽은 감성돔을 찌개나 해야겠다면서 밀어 두고 나무 도마 위에 손질한 생선을 올렸다. 내가 축 늘어진 물고기에서 눈을 떼지 못하자 아줌마는 비린 물이 튄다며 저만치 물러서라고 했다. 어쩐지 유 형사의 방문과 감성돔의 죽음에 어떤 연결 고리 같은 것이 있는 느낌이다. 하지만 감성돔이 죽은 것과 유 형사가 무슨 상관이란 말인가. 아줌마 말처럼 유 형사의 방문은 쓸데없는 일이 분명했다. 나는 지금껏 아줌마가 틀린 걸 본 적이 없다. 아줌마가 신경 쓸 일 없다면 그런 거다. 나는 그렇게 믿으며 마루로 물러앉았다.

내일은 그에게 사실을 말할 거다. 그리고 감춰 둔 막대를 돌려줄 거다. 그가 나를 나무라도 괜찮다. 오늘 그와 보낸 시간이면 충분하다. 그거면 됐다. 이제 그를 보낼 거다. 웃으면서 잘 가라고 말할 거다. 오늘이 진짜 마지막이다.

공무 집행

아침 밥상에 성게 알을 넣은 된장찌개가 올라왔다. 어제 우리가 잡아 온 성게다. 나는 국물과 노란 성게 알을 떠서 밥에 넣고 비볐다. 숟가락 위로 봉긋 솟아오른 밥을 입에 막 넣으려는데 누군가 대문을 들어서는 소리가 났다. 아줌마가 입에서 숟가락을 빼며 물었다.

"아침부터 뭔 일인교?"

고개를 돌리니 유 형사가 제복을 입은 경찰들의 호위를 받으며 위풍당당한 얼굴로 대문을 넘어섰다. 유 형사가 내 옆에 앉은 그에게 턱짓했다.

"나랑 같이 좀 갑시다."

그가 숟가락을 놓으며 어리둥절해하는 사이 유 형사가 평상으로 다가왔다.

"팔자 좋네. 생판 모르는 남의 집에서 밥도 얻어먹고."

기철이가 몸을 반쯤 일으켰다.

"와 아침부터 시빕니꺼?"

유 형사는 기철이의 가슴팍을 밀쳐서 도로 주저앉혔다.

"너는 좀 빠져라."

"이기 미쳤나? 와 남의 아는 때리고 지랄이고?"

아줌마가 소리를 높였다.

유 형사가 헛웃음을 쳤다.

"허, 사람 잡네, 사람 잡어. 내가 언제 때렸다고 그래요? 막아서니까 비키라고 한 거지."

아줌마는 손에 쥔 숟가락을 유 형사의 턱 밑으로 치켜올렸다.

"니가 형사가? 깡패가? 그게 때리는 게 아니면 뭐꼬?"

나는 그에게 들릴 듯 말 듯 속삭였다.

"방으로 가요."

엉거주춤 몸을 일으키는데 유 형사가 그의 팔을 사납게 잡아챘다. 그 바람에 균형을 잃은 그가 손바닥으로 밥상 모서리를 눌렀다. 힘의 중심을 잃은 밥상이 뒤집힌 건 순식간이다. 밥공기와 반찬 그릇이 평상 아래로 굴러 떨어졌고, 뚝배기에 담겨 있던 된장찌개가 그릇을 탈출해 사방으로 튀었다. 행동이 잽싼 기철이는 후다닥 평상을 내려와

봉변을 면했지만 상대적으로 느린 아줌마는 온갖 반찬 국물을 뒤집어썼다. 아줌마의 옷에 달라붙은 노란 성게 알이 장신구처럼 대롱거렸다.

아줌마는 마음만 먹으면 용처럼 입에서 불을 뿜을 수도 있을 것 같았다. 유 형사는 순식간에 아줌마에게 멱살을 잡혔다.

"함 죽어 봐라."

유 형사는 아줌마의 기세에 밀려 대문까지 밀려났다. 당황한 기색이 역력한 유 형사가 아줌마를 달래듯 말했다.

"이거 공무 집행 방해예요."

아줌마가 흠칫 놀라며 우물거렸다.

"공무, 방해? 뭐라카노?"

유 형사는 자신의 멱살을 잡은 아줌마 손을 다소곳하게 떼어 내고 옷매무시를 바로 했다.

"내가 뭐 할 일 없어서 남의 집에 아침 먹는 거 구경하러 온 줄 알아요?"

기철이가 아줌마 옆에 버티고 섰다.

"그럼 뭐 하러 왔습니꺼?"

유 형사는 기철이를 밀치려다 아줌마 눈치를 보며 손을 내렸다.

"됐고. 나는 너희 집엔 볼일 없다. 저 사람한테 볼일이 있지."

유 형사가 턱짓한 사람은 그다. 나는 그의 앞을 막아섰다.

"삼촌한테 무슨 일인데요?"

"삼촌? 지랄하고 자빠졌네."

유 형사가 비아냥대는 투로 말했다.

심장이 쿵 내려앉았다. 유 형사는 더 말하고 싶지도 않다는 표정으로 경찰들에게 말했다.

"데려가."

제복을 입은 경찰들이 그를 양쪽에서 붙들었다.

"왜 그래요? 놔줘요."

기철이까지 거들어 경찰들을 떼 내려고 했지만 쉽지가 않았다. 유형사가 목소리를 돋웠다.

"뭐 해? 빨리 데려가지 않고."

경찰들은 그를 대문 밖까지 끌어냈다. 그의 얼굴은 울상이 되었고, 몰려든 이웃들은 호기심 어린 눈으로 우리를 구경했다. 나는 유형사 앞을 막아서며 팔을 벌렸다.

"왜 이러는지 이유를 말하세요."

유 형사가 코웃음을 쳤다.

"너, 소문 못 들었냐? 뭍에서 범죄자가 들어왔다는 얘기."

아줌마가 했던 말이 생각났다.

"그거하고 이거하고 무슨 상관이에요?"

유 형사가 뒤에 있는 그를 턱짓으로 가리켰다.

"그게 바로 저 사람이야."

이거야말로 말도 안 되는 얘기다.

"잘못 아신 거예요."

"조사해 보면 알겠지."

"아니라잖아요."

유 형사가 한발 다가서며 얼굴을 들이댔다. 숨결에서 담배 냄새와 시궁창 냄새가 났다.

"너 왜 거짓말했냐?"

"뭐, 뭘요?"

"네 삼촌이라며? 알아보니 너는 삼촌 없더라."

옆으로 벌리고 있던 팔이 툭 떨어졌고, 유 형사는 모두에게 들으란 듯 말했다.

"범죄자 숨겨 주면 은닉죄인 거 알아요, 몰라요?"

사람들이 웅성거렸다. 유 형사가 허리춤에서 수갑을 꺼내 그의 손목에 채우자 찰칵 소리와 사람들의 탄식이 동시에 터져 나왔다.

그가 내 이름을 불렀다.

"주인아."

아빠가 내 이름을 부르는 거 같았다. 나는 유 형사 앞을 막아섰다.

"증거 있어요?"

유 형사가 능글맞은 얼굴로 대답했다.

"증거야 찾으면 되지."

유 형사가 앞장을 서자 경찰들이 그를 끌고 뒤를 따랐다. 아줌마가 내 팔을 잡아 세우며 물었다.

"주인아, 이게 무신 일이고?"

분하고 억울해서 말이 안 나왔다. 나는 아줌마 팔을 뿌리치고 그를 쫓아갔다. 등 뒤에서 아줌마가 내 이름을 끝도 없이 불렀고, 기철이는 두어 걸음 떨어진 채로 나를 따라왔다. 나는 유 형사에게 사정했다.

"증거도 없는데 잡아가는 건 불법 아니에요?"

유 형사는 들은 척도 하지 않았다.

"이 사람은 아무 짓도 하지 않았어요."

여전히 답이 없다.

선착장에 닿을 때까지도 유 형사는 나를 상대하지 않았다. 하지만 그는 경찰관에게 끌려가는 내내 나를 안타까운 눈으로 바라봤다. 그의 갈색 눈동자는 햇볕이 비쳐 들자 연노랑 빛을 띠었고, 그건 천체 사진에서 본 별과 비슷했다. 뱃일을 준비하던 사람들이 일손을 놓고 우리를 바라봤다. 나는 그의 손에 채워진 수갑이 부당하다는 생각을 지울 수가 없었다. 나는 앞서 달려가 유 형사 앞에 섰다.

"풀어 줘요."

유 형사가 사나운 눈초리로 나를 쏘아봤다.

"같이 처넣기 전에 비켜라."

"증거 없이 잡아가면 안 되는 거잖아요?"

유 형사가 고개를 비스듬히 하며 기막히다는 표정을 지었다.

"그러는 너는, 이 사람이 범죄자가 아니라는 증거 있나?"

"내가 보장해요. 절대 아니에요."

"그렇게 장담하는 이유가 뭔데? 증거 있으면 대 봐."

나는 우주 같은 그의 눈을 바라봤다. 내 말이 어떤 식으로 들릴지 충분히 예상은 했다. 하지만 한편으론 마법 같은 힘이 작동할지도 모른다고 생각했다. 그만큼 나는 절실했다.

"이 사람…… 여기 사람 아니에요."

유 형사가 나를 옆으로 밀어냈다.

"그건 지나가는 개도 안다."

나는 다시 유 형사를 막아섰다. 그리고 침을 꿀꺽 삼키고 큰 소리로 외쳤다.

"지구인이 아니라고요!"

기철이 입이 둥글게 벌어지는 게 먼저 보였다. 그다음 유 형사의 비웃는 소리와 경찰관들의 키득대는 소리가 들렸다. 내 예상이 빗나간 순간 유 형사가 싸늘한 어조로 말했다.

"지구인이 아니면? 뭐 어디 별나라에서라도 왔다는 거냐. 가지가지 하고 있네. 자꾸 이러면 안 봐준다."

나는 유 형사의 팔을 붙들었다.

"정말이에요."

유 형사가 선착장에 있는 사람들을 향해 소리쳤다.

"얘 고모 오면 누가 정신 병원 좀 데려가라고 해요. 얘가 아버지 죽고 제정신이 아니네."

그물을 손질하던 아저씨들이 어리둥절한 표정을 지었다. 이제 믿을 건 그뿐이다. 나는 수갑이 채워진 그의 손을 붙잡았다.

"어떻게 좀 해 봐요. 할 수 있잖아요, 네?"

그가 천천히 고개를 저었다. 유 형사가 나를 그에게서 밀쳐 냈다.

"야, 너. 얘 좀 치워라."

기철이가 어물어물 내 옆으로 와서 팔을 잡았다. 유 형사는 쐐기를 박듯 말했다.

"자꾸 알짱거리면 둘 다 콩밥 먹을 줄 알아."

그는 수갑을 찬 채로 선착장을 가로질러 지구대로 끌려갔다. 선착장 끝에 있는 지구대 간판을 배경으로 그가 우리, 아니 나를 돌아봤다. 나는 붙박이처럼 서서 그를 보기만 했다.

'내 탓이야. 그때 구슬을 꺼내 보지 않았다면 떨어뜨리지도 않았을 거고, 거기서 부품이 빠지는 일도 없고, 떨어진 부품을 주머니에 감추지도 않았을 텐데. 그랬다면 그는 벌써 섬을 떠났을 텐데. 그랬다면…… 그랬다면…… 저렇게 잡혀가지도 않을 텐데, 이게 다 나 때문

에······.'

그러는 사이 그가 지구대로 들어갔다. 기철이가 등 뒤에서 중얼거
렸다.

"가자."

내가 꿈쩍도 하지 않자 기철이가 짜증을 냈다.

"고만 가자고."

나는 기철이에게 팔이 잡힌 채 터버터벅 끌려갔다. 발이 아파서
내려다봤더니 양말도 신지 않은 맨발이었다. 기철이가 제 슬리퍼를
벗어 내게 내밀었지만 나는 그냥 맨발인 채로 걸었다.

집으로 들어서니 평상도 마당도 말끔하게 치워져 있었다. 그 말끔
함이 너무 어색해서 잠깐 꿈을 꾼 게 아닐까 하는 착각이 들었다. 기
철이가 마루 밑에서 내 신발을 찾아 내밀었다.

"아줌마는?"

"공판장 갔는갑다."

나는 신발을 신는 대신 평상에 걸터앉았다. 기철이가 마루에 털썩
주저앉으며 물었다.

"니 그기 뭔 소리고?"

"······."

기철이의 독촉이 이어졌다.

"그 사람이 지구인이 아니라는 거 말이다. 그기 참말이가?"

"……."

"꾸며낸 말이제?"

나는 대답 대신 고개를 숙였다.

기철이가 단물 빠진 껌을 뱉듯 말했다.

"미친놈."

나는 속으로 대답했다.

'미치지 않은 게 이상하지.'

음모와 계획

공판장에서 돌아온 아줌마는 다짜고짜 우리를 꿇어앉혔다.

"느그들 사실대로 말해라. 그 사람이 진짜로 흉악한 범죄자가 맞나?"

기철이가 펄쩍 뛰는 시늉을 했다.

"아이다. 절대로 아이다."

"좋다. 그렇다 치고, 그 사람이 주인이 삼촌이 아닌 게 맞나?"

기철이가 눈치를 보며 주저했다. 나는 고개를 들고 말했다.

"네……."

아줌마가 길게 한숨을 내쉬었다.

"느그들 와 거짓말 했노? 주인아, 니가 함 말해 봐라."

하지만 기철이가 먼저 대답했다.

"야가 거짓말한 거 아이다. 주인이가 언제 지그 삼촌이라고 말하는 거 봤나? 내가 그랬다 아이가."

아줌마는 우리를 멀뚱멀뚱 쳐다보더니 곧이어 기철이의 등을 냅다 후려쳤다.

"이노무 새끼, 이게 다 니가 한 짓이가?"

아줌마의 손이 움직일 때마다 '찰싹'하고 매운 소리가 났고, 기철이는 이리저리 몸을 비틀었다. 한참을 두들겨 맞던 기철이가 아줌마 손목을 붙들었다.

"고마해라. 아프다."

아줌마는 기철이에게 손이 붙들린 채 힘을 썼다.

"아프라고 때리지, 안 아프라고 때리나?"

"잘못했으이께, 이제 고마해라."

기철이가 손목을 놓아주자 아줌마가 이번엔 마루를 두들겨 팼다.

"아이고, 기철이 아부지요, 내가 아를 잘못 키웠네예. 동네 창피해서 우짭니꺼."

기철이가 내게 눈짓했다.

"니는 방에 들어가라."

나는 엉거주춤 방으로 들어와 문을 닫았는데 밖에서 들리는 소리까지 막을 순 없었다.

"엄마, 진짜로 고마해라. 이러다 또 사람들 몰려오면 우짤 긴데?"

"하이고, 창피한 건 아나? 그란 놈이 일을 이 지경을 만드나? 사람들이 뭐라 쑥떡거리겠노? 아부지 없는 티 낸다 안 카겠나? 내가 니를 그리 키왔나?"

"알았다, 마 알았다고! 내가 진짜, 억수로 잘못했다 안 카나."

아줌마는 했던 말을 하고 또 하고, 귀에 딱지가 앉을 때까지 되풀이하다 방으로 들어갔다. 끈으로 머리를 싸맨다 어쩐다 하는 걸 보니 자리에 드러누운 모양이다. 나는 방구석에서 무릎을 감싸 안고 쭈그려 앉았다.

지금까지 제대로 한 게 없다. 아빠가 죽기 전에는 아빠에게, 아빠가 없을 때는 기철이에게, 기철이와 다툰 뒤로는 그에게, 그가 없는 지금은 다시 기철이에게 기대고 있다. 앞으로 내가 얼마나 더 비겁해질지 두려웠다.

잠시 뒤, 기철이가 상을 들고 들어왔다.

"뭐 하노? 불도 안 켜고."

기철이가 벽에 있는 스위치를 눌러 불을 켰다.

"무라."

냄비에서 피어오른 김에서 라면 냄새가 났다. 꼬불꼬불한 면발 위에는 반숙으로 익은 달걀까지 있었다.

"너나 먹어."

기철이가 내 손에 젓가락을 쥐여 주었다.

"지랄한다. 불기 전에 퍼뜩 무라."

나는 젓가락을 도로 내려놓았다.

"아줌마는?"

기철이가 면발을 입으로 후 불었다.

"잔다."

"저녁도 못 드셨을 텐데…….."

기철이는 라면을 후루룩 삼킨 뒤에 말했다.

"깨배면 또 시끄럽다. 그냥 냅둬라. 깨서 배고프면 묵을 기다."

기철이가 내 그릇에 라면을 덜었다.

"괜히 나 때문에…….."

기철이가 타박했다.

"입도 안 아프나? 고만 나불대고 퍼뜩 무라."

나는 마지못해 젓가락을 들었지만 역시 먹히지 않았다.

아줌마가 일찍 잠자리에 드니 집이 조용했다. 제 방으로 건너간 기철이도 별다른 기척이 없는 걸 보니 잠이 든 모양이다. 핸드폰을 열어 시간을 확인하니 밤 10시다. 그사이 고모에게 문자가 와 있었다.

잘 지내지? 별일 없고?

나는 문자를 한참 들여다보다 답을 보냈다.

응

그가 없는 방이 텅 빈 것처럼 허전했다. 나는 그가 눕던 곳을 바라봤다. 예정대로면 오늘 그는 여길 떠나야 했다. 나는 아침을 먹고 그에게 막대를 돌려주려고 했다. 유 형사가 들이닥치지 않았다면, 아니 내 잘못이다. 내가 시간을 질질 끄는 바람에 일이 이렇게 된 거다.

나는 답답해서 방을 나왔다. 신발을 신고 마당에 내려서니 하늘에 별이 한가득이다. 달이 많이 둥글어진 걸 보니 보름도 가까웠다.

대문을 나선 뒤로 아무 생각 없이 걸었더니 지구대가 보였다.

'밥은 먹었을까?'

참 뜬금없는 걱정이다. 때만 되면 밥을 챙기던 아줌마 영향을 받은 모양이다.

지구대 창문을 본 순간 나는 거기에 온통 마음이 사로잡혔다. 주위엔 개미 새끼 한 마리 보이지 않았다. 나는 발소리를 죽이며 지구대로 갔다. 차가 가까이 오는 소리가 나면 잽싸게 그늘로 몸을 숨겼다. 지구대 안이 보이면서부터는 허리를 반으로 접다시피 해서 걸었다. 낮에는 선착장에서 가깝게 여겨졌는데 막상 와 보니 생각만큼 가까운 거리가 아니었다.

나는 허리가 뻣뻣해질 때쯤 창가에 닿았다. 창 밑에서 숨을 고르고 창문을 넘겨다봤는데 그때 누군가 창가로 오는 바람에 도로 엎드려야 했다. 마치 줄을 타다 미끄러진 거미가 된 기분이다. 창문 너머로 사람들 목소리가 가깝게 들려서 한참을 기다렸다 다시 조금씩 넘겨다봤다. 이번엔 창가 근처에 아무도 보이지 않았다.

창문으로 본 사무실은 네모반듯했다. 출입문은 왼쪽에 있고, 출입문과 마주 보고 있는 곳에는 가슴 높이의 칸막이가 설치되어 있었다. 그 안쪽으로 책상들이 마주 보게 배치되어 있고, 창문으로 보이는 대각선에는 쇠창살이 가로질러 있었다. 쇠창살은 접었다 펼 수 있는 구조였는데 평소에는 쓰지 않다가 오늘처럼 누군가를 잡아 둘 때 펼쳐서 임시 유치장을 만드는 거 같았다. 쇠창살 안쪽에 있을 그의 모습이 잘 보이지 않아서 나는 창을 따라 옆으로 움직였다. 그리고 마침내 창틀 끝까지 갔을 때 구석에 앉아 있는 그를 볼 수 있었다. 그것도 얼굴은 보이지 않고 세워진 무릎만 간신히 보이는 정도다.

그때 창문 옆 벽에서 사람들이 나타났다. 아마도 지구대 안에 방이 있는 모양이다. 사람들이 떠드는 소리가 새어 나왔지만 무슨 말인지 알아들을 수는 없었다.

그때 지구대 출입문에 달린 종이 요란하게 울리면서 누군가 밖으로 나왔다. 나는 창문을 돌아 지구대 뒤로 몸을 숨겼다. 간발의 차로 누군가가 조금 전까지 내가 있던 창가로 걸어왔다. 나는 벽에 몸을 바짝 붙이고 숨소리를 죽였다.

"틀림없대도."

유 형사 목소리. 유 형사는 누군가와 전화 통화중이었다.

"어. 어. 그렇대도."

담배를 피우는지 연기가 내 쪽으로 날아왔다.

"너는 내가 시키는 대로 해."

유 형사가 바닥에 침을 뱉었다.

"새끼, 무슨 겁이 그렇게 많냐? 어, 어, 그렇대도."

곧이어 담배를 비벼 끄는 소리가 났다.

"씨발, 아니면 또 어때. 지가 누군지도 모르는 새낀데."

나는 귀를 쫑긋 세웠다.

"오히려 잘됐어. 신원 조회에도 안 뜨고 지문도 없더라니까. 비벼서 지웠겠지. 그러니까 사고 치고 섬으로 굴러들어 온 거 아니겠어? 수배 때린 것 중에 비슷한 놈으로 엮으면 돼. 어, 어, 그래. 이참에 나도 서울 가야지."

그가 두 번째 담배를 피워 물었다.

"그러니까 협조해. 서울 올라가게 되면 한 몫 떼 줄게. 이놈의 섬 지겹다. 24시간이 붙잡아 둘 수 있는 최대치라는 거 알잖아. 그러니까 그 안에 서류 꾸며야지. 그래, 내가 보내 준 사진 봤지? 그거랑 가장 닮은 놈으로 골라. 연고자 없는 새끼로. 몸무게는 어지간하면 되고, 키는 될 수 있으면 맞춰라. 그래, 2미터. 잘 찾아봐. 그래, 비슷한 놈 있어? 그렇지. 바로 그거야. 너만 믿는다."

유 형사는 전화를 끊고 담배 연기를 길게 내뿜었다.

"우라질. 별은 드럽게 많네."

유 형사가 지구대로 들어갔는지 문에 달린 종소리가 요란하게 울렸다.

나는 생각을 정리했다. 그러니까 유 형사는 어떻게든 그를 범죄자로 만들 생각이었다. 그가 섬으로 들어왔다는 흉악범이 아니어도 상관없고, 증거도 필요 없었다. 통화 내용대로면 그를 범죄자로 만들 준비도 벌써 끝낸 듯했다. 이제 정말 뭐든 해야만 했다. 내가 그토록 유 형사를 찝찝해했던 이유가 바로 이거였다. 그는 남들 앞에선 사람 좋은 얼굴을 하고 허허거렸지만 실제론 나쁜 사람이었던 거다. 자신의 출세를 위해 뭐든 할 사람, 억울한 사람이야 생기든 말든 자기 앞가림이 중요했던 사람인 거다.

벽에 기대 있던 나는 한참 만에 선착장을 가로질러 큰길로 나왔다. 집으로 가서 생각을 정리해야 했다. 갈림길에서 왼쪽으로 가면 기철이네고, 오른쪽에 있는 언덕길을 오르면 우리 집이다. 나는 오른쪽 길로 몸을 틀었다. 평소라면 컴컴한 밤길을 혼자 걷는 것만으로도 겁이 났겠지만 지금은 하나도 무섭지 않았다.

내 방 창가에는 망원경과 쌍안경이 그대로 놓여 있었다. 바닥에 펼쳐 놓은 채로 정리하지 못한 천체사진도 그대로다. 여기서 그가 낯선 별에서 왔다는 걸 알았고, 아빠를 알고 있다는 것도, 우리가 잘 통한다는 것도 알았다.

나는 바닥에 늘어놓은 사진을 상자에 담았다. 그가 돌아가야 하는 에이야는 사진에 없었다. 그가 사진에서 멀찍이 떨어진 곳을 손가락으로 짚던 모습이 떠올랐다. 그렇게 먼 곳에서, 하필이면 지구에, 그 것도 한반도에 있는 곡옥도에, 곡옥도의 다른 어디도 아닌 그 해변에, 그날, 그 시각에, 다른 누구도 아닌 나를 만났다는 사실이 운명처럼 여겨졌다. 하지만 진짜 그의 운명은 내가 아니라 아빠다. 내가 그를 만난 건 아빠라는 연결 고리 때문이다.

아빠라면 어떻게 했을까?

그가 나 대신 아빠를 만났다면 이런 곤란한 상황에 부닥치지도 않았을 거다. 어쩔 수 없이 곤란한 일을 당했더라도 아빠라면 그가 계획대로 돌아갈 수 있도록 했을 거다. 하지만 아빠는 이제 없고, 그 일은 내가 해야 했다. 나는 아빠처럼 그가 이곳에서 사라지는 일이 없도록 막아야 했다.

나는 아빠에게 작별 인사를 하지 못했다. 아빠의 사고는 심각했지만 그래도 우리에겐 헤어질 시간이 있었다. 아빠는 응급실에 가기 전까지 의식이 있었고 내게 말을 하고 싶어 했다. 어쩌면 작별 인사 같은 거였겠지. 하지만 나는 아빠가 죽을 수도 있다는 사실을 받아들이기 싫었다. 그래서 아빠에게 말하지 말라고 했다. 그리고 아빠는 내 말대로 마지막 말을 채 끝맺지 못한 채 응급실로 들어갔다. 아빠는 그렇게 떠났다.

지금도 모든 게 거짓말 같지만 한 가지는 분명하다. 아빠가 옳았다. 나는 아빠를 그렇게 보내면 안 되는 거였다. 아빠의 마지막은 자신을 위한 게 아니라 나를 위한 거였다. 나는 이제야 아빠가 엄청난 고통 속에서도 왜 미소를 지었는지 알 거 같았다. 헤어질 때 미련과 후회를 남기면 안 된다는 걸 아빠는 알았던 거다. 이번만큼은 그와의 이별을 망쳐선 안 된다. 이번에는 잘 하고 싶다. 웃으면서 잘 가라고 말하고 싶다. 그 말을 꼭 하고 싶다. 사진을 담은 상자의 뚜껑을 덮으려는데 지난번에 본 쪽지가 눈에 들어왔다.

푸른 구름 저고리에 흰 무지개치마,
긴 화살 들어 천랑성을 쏜다.
고삐를 당겨 높이 날아올라,
아득한 동쪽으로 가네*

*『초사』구가에 실린 굴원의 시 「동군, 태양신」 일부를 각색

나는 마지막 문장을 소리 내어 읽었다.

"아득한 동쪽으로 가네."

그가 옥상에서 동쪽 하늘을 가리키던 모습이 생각났다.

천시원의 닭을 노리는 천랑성을 노래한 시. 천랑성은 늑대개 별자리다. 갑자기 머릿속에서 번쩍하고 번개가 쳤다. 늑대개는 유 형사의 별명이다.

'어쩌면…….'

나는 반듯한 아빠의 글씨를 뚫어지게 보았다. 어쩌자고 아빠는 여기에 이런 시를 적어 놓고, 또 지금과 전혀 상관없는 2천 년 전 굴원이란 사람은 이런 시를 쓴 건지 모르겠다. 어쨌거나 이유는 중요하지 않다. 지금 중요한 건 이 글이 내게 예언처럼 느껴진다는 거다.

나는 상자를 밀쳐 두고 지도를 펼쳤다.

곡옥도는 전체적으로 산에 빙 둘러싸여 있고, 산 밑에는 군데군데 마을이 자리했다. 면사무소와 지구대는 선착장이 있는 곳에 있고, 기철이네 집은 선착장보다 포구 쪽에 가깝다. 섬에서 해변은 총 일곱 곳이다. 지난번 그와 갔던 해변은 금사 해변인데 모래가 금빛처럼 보인다고 붙여진 이름이다. 그의 말처럼 해변은 탈출 장소로 적당하지 않았다. 사람들이 아무 때나 드나드는 곳인 데다 방해물인 모래와 바위가 너무 많다. 나는 눈으로 지도를 훑었다.

가장 좋은 곳은 바람 절벽이다. 거기엔 기철이 배도 있다. 나는 사인펜을 들고 지구대에서 바람 절벽까지 선을 그었다. 그러자 가능성이 훨씬 높아진 느낌이 들었다. 나는 지도 옆에 종이를 갖다 대고 계획을 세웠다. 계획이 세워진 뒤에는 다시 새 종이에다 시간대별로 구체적인 계획을 세웠다.

시계를 보니 어느덧 새벽 두 시가 넘었다. 나는 종이를 보며 빠진 것이 없는지 두 번 세 번 확인했다. 계획대로만 된다면 그를 탈출시킬 수 있을 것 같았다. 나는 지도와 계획이 적힌 종이를 챙겨서 내 방으로 가서 누웠다. 창밖으로 둥근 달이 보였다.

아빠는 보름달이 뜨면 소원을 빌라고 했다. 가장 큰 보름달이 뜨는 정월대보름에는 거창한 소원을, 매달 뜨는 보름날에는 고만고만한 소원을 빌라고. 아빠는 내 손바닥을 가만히 붙여 주며 말했다.

"소원 빌면 달님이 들어줄 거야."

나는 누운 채로 손바닥을 모았다.

"아빠, 도와줘요."

계획

대문이 부서지는 꿈을 꿨다. 눈을 뜨니 진짜 누군가 대문을 두드리고 있었다.

"얌마, 우주인."

기철이 목소리다. 나는 머리를 털어 잠을 몰아내고 밖으로 나가 문을 열었다. 기철이가 신경질을 부리며 안으로 들어왔다.

"잠구신이 붙었나. 뭐 한다고 인자 여노?"

"무슨 일이야?"

창문을 열어 놓고 자서 그런지 목이 따끔거렸다. 기철이는 거실 소파가 푹 꺼지도록 풀썩 주저앉았다.

"꼬라지 봐라. 얼른 세수하고 나와라. 아침 무러 오란다."

내가 멀뚱멀뚱 쳐다보자 기철이가 답답하다는 듯 소리쳤다.

"니 땜에 내까지 아침밥 못 묵었다 아이가!"

나는 기철이의 등쌀에 밀려 얼굴에 물 칠만 하고 집을 나섰다. 기철이가 언덕을 내려가며 말했다.

"어젯밤에도 여 왔다. 엄마가 밤중에 일나가 니 없어졌다고 한바탕 난리를 쳤다. 그래서 찾으러 안 왔나. 와 보이께 불이 켜져 있길래 알았다, 니 여기 있다는 거. 그래서 그냥 내버려 뒀드만 꼭두새벽부터 니 데려오라고 또 난리다, 난리."

기철이에게 미안한 마음이 들어 발걸음이 무거웠다. 기철이가 곁눈질하며 말했다.

"엄마한테 잘 말해 놨다. 그라이 너무 걱정할 거 없다."

기철이가 어떻게 잘 말해 놨는지는 몰라도 아줌마는 대문까지 나와서 나를 반겼다.

"아이고, 야야. 아무도 없는 집에서 잠은 으째 잤노? 아줌마가 뭐라캐서 서운했나? 어제는 내가 속상해서 안 그랬나. 기철이 점마가 나쁜 놈이지. 기철이한테 얘기 들었다. 머스마가 그리 심성이 고와서 우짜노? 그래도 다음부턴 누군지도 모르는 사람을 그리 감싸면 안 된대이. 남자는 뭐니 뭐니 해도 뚝심이 있어야 된대이. 정에 이끌리면 크게 못 된다."

나는 고개를 끄덕이며 장단을 맞추는 거 외에 할 수 있는 일이 없

었다. 평상에는 아침상이 차려져 있었는데 늘 먹던 밑반찬에 달걀말
이며 장떡 부침, 비엔나소시지까지 올라와 있었다. 게다가 금방 눅
눅해진다며 밥상에 잘 올라오지 않던 김구이까지 있었다. 가게에서
사 온 게 아니라 기름장을 발라 직접 구운 김이다. 바빴을 아줌마 모
습이 머릿속에 떠오르자 목 안이 뻐근했다. 나는 재빨리 물을 한 모
금 마셨다.

"잘 먹겠습니다."

아줌마가 내 밥 위에 소시지를 올렸다.

"오야, 마이 무라."

기철이가 아줌마에게 숟가락을 내밀었다.

"내는?"

아줌마는 기철이 숟가락에도 소시지를 올렸다.

"니도 마이 무라. 앞으로는 사고 치지 말고."

아무래도 그와 관련된 일을 기철이가 뒤집어쓴 모양이다. 나와 눈
이 마주친 기철이는 아무 소리 말라는 듯 고개를 흔들고 부지런히 밥
을 먹었다. 한때 녀석을 미워했던 게 무안할 정도로 기철이가 고마웠
다. 아줌마가 우리에게 반찬을 밀어 주며 말했다.

"사람들이 그라는데 뭍에서 큰 배가 들어올 기라 하더라. 경찰에
서 높은 사람도 온다 카던데 배 나갈 때 그 사람도 델꼬 간다더라. 못
된 흉악범이 맞긴 맞나 보더라. 그라니까 높은 사람이 와서 직접 델

꼬 가는 거 아이가? 그런 사람인 줄도 모리고, 아이고, 살 떨린다, 살 떨리."

내가 멈칫하자 기철이가 말했다.

"이제 고마해라."

"와, 내가 없는 말 했나? 겉으론 착해 보여도 어디 사람 속을 아나."

그때 기철이가 허공을 향해 코를 벌름거렸다.

"엄마, 탄내 난다."

아줌마가 눈을 동그랗게 뜨며 손바닥을 마주쳤다.

"맞다. 불에다 생선 올려놨다."

나는 아줌마가 부엌으로 가길 기다렸다 물었다.

"사실이야?"

"그런가 보더라."

구운 생선을 가져온 아줌마는 타지 않은 쪽을 발라 나와 기철이 밥 위에 올려 주었다. 우리는 새끼 새가 먹이를 받아먹듯 묵묵히 밥을 먹었다.

아줌마가 일하러 나가고, 우리는 그늘진 마루에 앉아 해가 든 마당을 바라봤다. 나는 어젯밤에 세워 둔 계획을 머릿속에 떠올렸다. 그걸 실행에 옮기려면 기철이 도움이 필요했다. 절대적으로. 하지만 그 전에 먼저 해야 할 일이 있다. 나는 미뤄 뒀던 숙제를 꺼내듯 말했다.

"미안했다."

기철이가 고개를 돌려 나를 봤다. 나는 기철이와 눈을 맞췄다.

"내가 잘못했어."

기철이가 얼굴을 돌리며 딴청을 피웠다.

"뭐 잘못 묵었나? 와 그라노?"

"진심이야. 그날 그렇게 말한 것도 그렇고, 나 때문에 아줌마한테 혼난 것도. 다 미안해."

기철이는 하늘로 시선을 돌렸다.

"그랄 거 없다."

"너한테 화가 났던 게 아니라 나한테 화가 난 거야. 너한테 했던 그 말도 실은 나한테 한 말이고."

"됐다, 고마해라. 간지럽다."

기철이는 팔뚝을 쓱쓱 문지르며 덧붙였다.

"내도 잘한 거 없다. 니가 갑자기 떠난다 카이 서운하고 그랬다. 우리가 그거밖에 안 되는 사이였나 싶기도 하고, 그래서 어깃장을 놓은 기다."

나는 기철이 말투를 흉내 내서 말했다.

"그만해라. 오글거린다."

우리는 얼굴을 마주 보고 웃었다. 그것으로 되었다. 뱉고 보면 아무것도 아닌 미안하다, 고맙다는 말을 하기 위해 참 많이도 돌아왔다 싶었다. 하지만 그렇게 돌아오는 시간 없이 미안하다, 고맙다고 말했다면 어땠을까? 만약 그랬다면 우리는 진짜 화해하지 못했을 거다. 화해한 시늉만 한 채 서로에게 서운하고 화가 났을 거다. 그리고 두 번 다시 보지 않는 삶을 택했겠지. 보이지 않으니 상관없다고 생각하면서 자주 씁쓸해했을 거다. 기철이와 화해를 하니 마음이 한결 편안했다.

말이 없어진 우리는 하릴없이 마당을 내려다봤다. 수돗가에 고인 물이 햇볕을 받아 반짝였다. 생각해 보면 우리가 함께했던 순간도 매 순간 반짝였다. 볼품없는 수돗가에 고인 물이 반짝이는 것처럼. 그때는 몰랐지만 돌아보니 그랬다.

기철이가 마루에 벌러덩 드러누웠다.

"오늘도 억수로 덥겠네."

나는 기철이가 아빠를 잃었을 때가 궁금했다.

"너는 어땠어?"

"뭐가?"

"아빠 돌아가셨을 때 말이야."

기철이는 대답 대신 천장에 있는 대들보와 거기 적힌 상량문을 쳐다봤다. 상량문을 풀이하면 기철이네 집은 1970년에 지어졌고, 그 집을 지은 사람은 기철이 할아버지다. 기철이는 길게 콧김을 내쉬고 말했다.

"억수로 힘들었다. 그란데 한 해 두 해 시간이 가고, 할배랑 할매 차례상에 하듯이 아빠 차례상에 절하다 보이 괜찮아지더라."

기철이가 고개를 돌려 나를 봤다.

"니도 괜찮아질 기다. 아주 괜찮지는 않겠지만……."

나는 고개를 끄덕였다. 역시 기철이는 내가 겪지 못한 시간을 보냈다. 그 시간이 기철이를 단련시키면서 단단하게 만든 거다. 내가 감히 넘보지 못하는 단단함을 말이다.

예전에는 마음만 먹으면 뭐든 할 수 있다고 믿었다. 시험 성적도 그렇고, 그림 그리기도 그렇고, 싫어하는 운동도 작정하고 덤비면 그럭저럭 할 수 있게 됐다. 그래서 오랜 시간 공들여 꾸준히 하기보다는 그때그때 적당히, 웬만큼 하는 식으로 했다. 가끔은 예상 밖으로 결과가 좋아서 마음만 먹으면 한방에 정상에 도달할 수도 있겠다는 생각도 했다.

하지만 틀렸다. 무엇도 한 번에 이루어지지 않았다. 거저 얻을 수 있는 건 아무것도 없다. 아빠의 빈자리를 한 번에 메울 수 없는 것처럼. 기철이가 그랬듯 나는 내게 닥친 일을 하나씩 해야 한다. 그러다 보면 언젠가는 기철이와 같은 단단함을 갖게 되는 날이 올 거다.

지금 내가 할 일은 그를 잘 보내는 거다. 아빠가 떠난 뒤에 가장 많이 한 일이 후회다. 그때 아빠를 혼자 보내지 않았더라면, 내가 밥을 조금만 더 빨리 먹었더라면, 평소에도 아빠의 별자리 관측에 흔쾌히

동행했더라면, 그래서 아빠가 나와 함께 가고 싶어 했더라면, 그랬다면 모든 게 달라졌을 거라는 후회. 아빠가 없다는 사실보다 나를 우울하게 만든 건 그런 후회들이다. 어제 그가 유 형사에게 잡혀간 뒤로도 나는 수많은 후회를 했다. 이제 후회 같은 건 하고 싶지 않다.

"그 사람 말이야, 저대로 내버려 둘 수 없어."

기철이는 몸을 일으켰다.

"두지 않으면 우얄 긴데? 높은 사람까지 와서 델꼬 간다 하면 범죄자로 밝혀진 거 아이가?"

"그 사람 진짜 범인 아니야."

기철이는 아예 일어나 앉았다.

"그럼 니는 진짜 범인을 알고 있나?"

나는 고개를 저었다.

"아니, 몰라."

"니 지금 무슨 소리를 하는 기고?"

나는 기철이의 눈을 똑바로 바라봤다.

"그를 탈출시킬 거야."

"뭐어?"

기철이가 목소리를 높였다.

"진짜 큰일 날 소리 하고 있다. 그러다 니까지 감옥 간대이. 그 사람이 진짜 나쁜 사람이면 어쩔라고 그라노?"

잠시 뒤, 기철이가 의심쩍은 얼굴로 물었다.

"니 그때 했던 말, 설마 참말은 아니제?"

나는 목소리에 힘을 실었다.

"진짜야. 그 사람 지구인 아니야."

기철이 눈이 휘둥그레졌다.

"지구인이 아니면? 외계인이란 말이가?"

나는 고개를 끄덕였다. 기철이가 한숨을 쉬었다.

"주인아, 내는 니 진짜 믿고 싶다. 하지만 이건 아이다. 그 사람이 어디로 봐서 외계인이고? 쪼매 어리바리해서 그라지 우리랑 똑같이 생겼다 아이가. 그라고 그 사람이 여기 사람이 아니라면 뭐 한다꼬 뭍에서 높은 사람까정 와서 델꼬 간다 하겠나? 범죄자로 밝혀진 게 있으이께 그라는 거 아이겠나."

"그거 음모야."

기철이가 눈을 끔뻑였다.

"음모?"

나는 기철이에게 어젯밤 지구대에서 알게 된 사실을 얘기했다. 유형사의 전화 통화 내용과 유 형사가 그를 범죄자로 만들고 싶어 하는 이유에 대해서도 말했다. 유 형사는 서울로 돌아갈 구실을 만들기 위해 그를 이용하려는 거다. 다른 사람의 인생이야 망가지든 말든 아무 상관도 하지 않았다. 그러니 그가 유 형사가 원하는 희생양이 되도록 내버려 둬서는 안 됐다. 기철이가 놀란 얼굴로 되물었다.

"그기 참말이가?"

"정말이야. 이게 사실이라는 데에 목숨도 걸 수 있어."

"됐다. 집어치워라. 그건 그렇고, 뭘 보고 그 사람이 외계인이라는 거고?"

나는 그가 우리 집에서 카메라를 고친 것과 나를 포함해 집 안의 물건들을 공중에 띄운 일, 이곳에 불시착한 이유, 그가 늘 손에 쥐고 있던 성간 여행 장치의 비밀, 그리고 바다에 갔을 때 작은 물고기로 기철이를 놀라게 했던 일과 그의 에너지에 대해, 그 에너지가 얼마 남지 않아 그가 위험하다는 얘기까지 모두 털어놨다. 단 하나, 그와 함께 밤하늘을 관찰했던 순간만큼은 말하지 않았다. 그날의 기억은 영원히 비밀로 남겨 두고 싶었다. 그와 나만 아는 비밀로. 특히 내가 그를 죽은 아빠 대신으로 생각했다는 것과 그래서 그가 오래 머물길 바랐다는 건 말하지 않았다. 이건 그에게조차 말할 수 없었다.

기철이 얼굴이 진지해졌다.

"그러고 보니까 쪼매 이상하긴 했다. 처음에 자갈밭에서 봤을 때 얼굴이 완전 시퍼랬잖아. 맞제? 그때 알아봤어야 했는데."

역시 기철이는 둘도 없는 친구다.

"오늘이 지나면 그가 죽을지도 몰라. 도와줄 거지?"

"계획은 있나?"

나는 집에서 챙겨 온 지도와 종이를 펼쳤다. 기철이는 계획이 적힌 종이를 한참 동안 들여다봤다.

"어젯밤에 이거 한 기가?"

나는 고개를 끄덕였고, 기철이는 고개를 갸웃거렸다.

"이기 될 기라 믿나?"

"되게 할 거야."

기철이는 앉은 자세로 팔짱을 끼고 지도를 내려다봤다.

"니는 여가 사람이 별로 없다고 생각하제? 낮에 돌아댕겨 봐도 사람 기척도 벨로 없고, 밤 돼서 컴컴해지면 아예 집 밖으로 나오지 않는다고 말이다. 하지만 눈에 보이지 않는다고 옳는 게 아이다. 예전에 우리 아빠가 그랬다. 안 보는 것 같아도 다 보고 있다고. 이런 촌은 사람이 별로 없어서 누가 뭘 하면 금방 표가 나는 법이라고. 사람이 많은 도시에서는 다른 사람한테 신경을 안 쓰니까 흉악한 범죄도 더 많은 기라고 말이다. 하지만 여는 다른 기라. 보이지 않아도 보는 눈이 있어서 아침에 뭔 일이 생기면 점심때가 되기도 전에 마을 사람들이 다 안다. 우리 아빠가 입버릇처럼 말했다. 무슨 일을 하든 도리에서 벗어나면 안 된다고 말이다."

"무슨 소리야?"

기철이가 자세를 고쳐 앉았다.

"내가 쪼만할 때 저 아래 집에 개가 한 마리 있었거든. 근데 금마가 나만 보면 잡아먹을 듯 짖는 기라. 그래서 하루는 본때를 보여 줄라고 새총을 쐈다 아이가. 개 주인은 물론이고, 주위에 아무도 없다는 걸 열 번도 넘게 확인했다. 그런데 학교 갔다 와서 아빠한테 억수로 혼났다 아이가. 그 길로 끌려가 그 집 가서 빌고 또 빌었다. 누가 나를 일렀을 것 같노? 개 주인? 아이다. 그 옆집, 옆집에 사는 할마시였다. 그때 아빠가 집에 오는 길에 말했다. 어디고 보는 눈이 있다고 말이다. 내 말 알긋나?"

그런 건 미처 생각하지 못했다. 사람들 눈을 피해야 하고, 설령 눈에 띈다고 해도 아무렇지 않게 보여야 한다는 걸 말이다.

"네 말이 맞아. 우리가 하는 일이 이상하게 보여선 안 돼."

기철이는 방에 들어가서 새 종이를 가져왔고, 우리는 처음부터 계획을 다시 세웠다. 시간이 지날수록 계획은 점점 치밀해졌다. 펜을 놓으며 기철이가 말했다.

"이대로 될란지 모르겠다."

"뭐든 네가 시키는 대로 할게."

"알았다. 그라믄 일단 짐 챙겨 갖고 나가자."

그사이 마당을 밝히던 햇살은 오른쪽 화단으로 물러났고, 평상이 있는 곳은 그늘이 드리웠다. 바람 없는 날씨는 구름 한 점 없이 맑았다. 우리는 부지런히 움직였다. 기철이가 챙겨 놓은 짐을 확인하는 사이 나는 계획을 적은 종이와 지도를 검은 비닐봉지에 담았다. 나는 우리의 계획에 행운이 보태지기를 빌었다.

기철이는 꺼내 놓은 짐을 가방에 차곡차곡 담았다. 나는 방으로 가서 책갈피 깊숙이 숨겨 놓은 막대를 꺼냈다. 손가락으로 가만히 문지르자 작은 막대에 그려진 정교한 선이 느껴졌다. 나는 종이를 지갑처럼 접고 그 안에 막대를 넣은 뒤에 지도를 넣은 비닐봉지에 함께 담았다. 이것들을 검은 비닐봉지에 넣자고 한 건 기철이의 생각이다. 무심하게 보이게 하는 것, 별것 아닌 것처럼 보이게 하는 것, 그게 가장 중요하기 때문이다. 나는 납작한 비닐봉지를 바지 뒤춤에 찔러 넣고 마당으로 나갔다. 그사이 기철이도 준비를 마쳤다.

우리는 꾸려 놓은 짐을 나눠 들고 한낮의 더위로 나갔다. 모르는 사람이 본다면 한가하게 낚시를 하러 간다고 생각할 만한 모습이었다.

실행

선착장에 경찰 마크가 펄럭이는 배가 있었다. 기철이는 배를 못 본 척하며 말했다.

"오늘 밤에 풍랑주의보 있다카더니, 그 때문에 일찍 들어왔는갑다."

그를 태워 가려고 들어온다던 바로 그 배다. 내가 배를 쏘아보자 기철이가 주의를 줬다.

"고만 쳐다봐라. 눈에서 레이저 나오겠다."

그제야 나는 가방을 고쳐 메며 고개를 바로 했다.

선착장을 벗어나자 트럭이 우리 옆에 와서 멈췄다. 창문 밖으로 얼굴을 내민 사람은 기철이네 집안 아저씨다. 기철이에게는 사촌 형님이었다. 그가 팔꿈치를 창턱에 기대며 말했다.

"낚시 가나?"

기철이가 웃으며 대꾸했다.

"야. 형님은 어데 갑니꺼?"

"양짓말 아재네가 뭍으로 고기 낸다고 해서 거들러 간다. 느그들은 어데로 가노?"

"저짝에 봐 둔 데 있습니더."

"그으래? 잘 잡히면 내한테도 알리도."

"하머요."

"자슥."

아저씨가 손을 뻗어 기철이의 머리칼을 헝클어뜨리자 녀석은 순한 강아지처럼 히죽거렸다.

"그란데 와 이리 짐이 많노?"

기철이는 큼지막한 가방을 손바닥으로 툭툭 치며 별거 아니라는 듯 말했다.

"수영도 할라 카는데 임마가 잠수를 못해서 이것저것 챙긴 겁니더."

나는 기철이 말이 맞다는 표시로 고개를 끄덕였다. 아저씨는 잠시 내 눈치를 살피더니 기철이에게 속삭였다.

"니 그거 어짜고 있노?"

기철이가 나를 돌아보며 말했다.

"야도 압니더. 잘되고 있습니더."

그제야 아저씨 얼굴에서 걱정하는 빛이 사라졌다.

"맞나? 우야튼 니그 어매 아는 날이 내 제삿날이 될 기다. 들키도 내 얘기는 절대로 하면 안 된데이."

"하머요."

듣다 보니 기철이가 배를 어디서 구했는지 알 만했다. 아저씨가 기어를 풀며 말했다.

"그라믄 내는 배 시간이 빠듯해가 그만 가 볼란다."

"살펴 가이소."

트럭이 내뿜는 요란한 소음이 잦아들 즈음 내가 물었다.

"그 배, 아저씨가 준 거야?"

"뭐, 준 거나 마찬가지지. 하지만 원래 형님 배는 아이다. 누가 폐선 시킨다고 하는 걸 얻어가 엔진만 바꾼 기다. 엔진 값은 내가 내고. 중곤데도 모은 돈이 다 들어가 뻤다. 엔진 가는 건 형님이 아는 집에 맡겨가 한 기다."

"절벽에는 어떻게 갖다 놓은 거야?"

기철이가 그런 바보 같은 질문이 어딨냐는 얼굴을 했다.

"어떻게 갖다 놓긴. 그거 배다. 바다로 다니는 배. 그라니까 당연히 바다로 갔지. 뭐 트럭에 실어서 날랐을 것 같나?"

"아······."

기철이가 앞서 걸으며 말했다.

"니는 겉으로 보기엔 똑똑해 뵈는데 어쩔 때 보면 진짜 허당이데이."

왜 안 그렇겠는가. 기철이에 비하면 나는 세상 물정 모르는 철부지에 치기만 있는 삐딱이일 뿐이다.

어깨에 걸친 가방은 갈수록 무거웠다. 절벽 입구에 있는 바위를 넘을 땐 없는 기운도 쥐어짜야 했고, 이마에선 땀이 비 오듯 흘렀다.

"대체 가방에 뭘 넣은 거야?"

기철이가 걸음을 멈추고 돌아봤다.

"쫌만 참아라. 다 왔다."

마침내 도착한 바람 절벽 해변에서 우리는 바닥에 벌러덩 드러누웠다. 짐은 모래밭에 아무렇게나 팽개쳤다. 풍랑주의보가 예보되어 있다지만 하늘은 여전히 구름 한 점 없이 파랬다.

바다는 하늘색을 닮는다. 하늘이 파라면 바다도 파랬고, 하늘이 잿빛이면 바다도 회색빛으로 물들었다. 하늘과 바다는 서로 닮아 가는 한 쌍이다. 하늘과 바다만 그런 게 아니다. 나도 내 곁에 있는 사람들을 따라 할 때가 있다. 아빠, 기철이, 그리고 아줌마까지. 나도 모르게 그들의 말투나 행동을 따라 할 때가 있는데 그걸 깨닫는 순간엔 피식 웃음이 나왔다. 하지만 싫은 건 아니다. 닮고 싶을 만큼 그들을 좋아한다는 마음을 확인한 것이 쑥스러운 것뿐이다.

땀이 식자 기철이가 짐들을 끌어다 펼쳤다. 낚시 도구로 위장한 가방에서 나온 것들을 보며 나는 입이 쩍 벌어질 만큼 감탄했다. 그중에는 허리까지 오는 나무 막대도 보였다.

"이것들은 왜 가져온 거야?"

"배를 해변까지 밀어야 할 거 아이가. 잘 굴러가라고 바닥에 깔 기다. 여 있는 게 모자랄 것 같아서 가져왔다."

우리는 나무 기둥을 배의 앞쪽 바닥에 일정한 간격으로 깔았다. 그리고 나무가 바닥에 단단히 고정될 때까지 그 위에서 뛰었다. 작업이 끝날 때쯤에는 발바닥이 불붙은 것처럼 화끈거렸다.

어망 안에 넣어 온 건 짙은 청록색의 위아래가 붙은 비닐 작업복이다. 고기잡이하는 어부들이 입는 옷인데 이걸 어디에 쓸지 감이 오지 않았다. 기철이는 내가 건넨 옷을 받아 방수포로 덮은 배에 실었다.

"필요할 기다. 비도 온다 카더라."

그밖에도 배낭에선 장화, 랜턴, 구명조끼, 밧줄, 튜브, 호루라기, 잭나이프와 손도끼 그리고 불꽃놀이 막대까지 쏟아져 나왔다. 그중에 압권은 뭐니 뭐니 해도 멀미약이다. 내가 약병을 들고 진짜 멀미약인가 살펴보기 위해 치켜들자 기철이가 말했다.

"니 거다. 지난번처럼 토하면 바다에 던져 버릴 기다."

예전의 기억이 떠올라 잠시 비참한 기분이 들었지만 그보다는 기철이의 섬세함에 더 놀랐다. 나는 고개를 절레절레 저었다.

"혹시 우리 태평양 건너냐?"

기철이가 코웃음을 웃었다.

"지랄한다. 간다고 해도 니랑은 절대 안 갈 테이 걱정 붙들어 매라."

우리는 가방에서 꺼낸 물건을 배 안으로 날랐다. 방수포로 덮은 배는 찜질방을 찜 쪄 먹을 정도로 더웠다. 줄줄 흐르는 땀 때문에 눈이 따가웠다. 내가 방수포를 들어 올리며 물었다.

"잠깐이라도 걷으면 안 돼?"

기철이의 답은 단호했다.

"배 있다고 광고할 일 있나? 내가 뭐라캤노? 보이지 않아도 보는 눈이 있는 뱁이라 안 했나? 잘 생각해 봐라. 니는 배가 여기 있다는 걸 우째 알았는지."

나는 기철이를 존경 어린 눈으로 바라봤다. 녀석은 이제 용의주도함을 넘어 진지함 그 자체였다. 나는 군말 없이 기철이가 시키는 대로 했다. 커다란 덩치 어디에 저런 섬세함이 들어 있는지 모르겠지만 기철이는 작은 것도 허투루 하지 않는다는 걸 온몸으로 보여 줬다. 물건 정리가 끝나자 기철이는 방수포 아래 숨겨 둔 공구함을 꺼내 왔다. 녀석은 거기서 펜치를 꺼내 들며 말했다.

"이제부턴 나 혼자 하는 일만 남았다. 니는 이제 고만 가 봐라."

"아니야, 나도 거들게."

기철이가 나를 빤히 바라봤다.

"얌마. 니도 할 일 있잖아. 그새 까묵었나?"

그제야 정신이 들었다.

"아, 그렇지."

기철이는 까만 비닐봉지에 든 것을 빈 어망에 쏟아부었다. 봉지에서 쏟아져 나온 건 큼지막한 소라 다섯 개다.

"냉동실에 있는 거 가져온 기라. 이거 도로 들고 가라. 누가 물으면 냉장고에 넣으러 간다캐라."

그러니까 소라는 일종의 속임수인데 우리가 바닷가 어딘가에서 얌전히 낚시를 즐기고 있다고 믿게 하려는 위장품이다. 내가 어망에 든 소라를 들여다보자 기철이가 재촉했다.

"퍼뜩 가 봐라."

나는 착한 동생처럼 고개를 끄덕이고 돌아섰다. 역시 녀석은 나보다 어른스럽다. 그래서인지 기철이만 있으면 모든 게 잘 풀릴 거라는 생각이 들었다.

나는 기철이네로 돌아와서 들고 온 소라를 다시 냉동실에 넣고 도시락을 쌌다. 기철이 말대로 찬장에 도시락 통이 있었다. 나는 거기에 보온 밥솥에 있는 밥을 퍼 담고 반찬들을 담았다. 도시락은 그를 만나기 위한 위장품이다.

나는 도시락을 누구나 알아볼 수 있는 투명한 비닐봉지에 담고 수 돗가로 갔다. 그리고 보는 사람이 있건 말건 웃통을 벗고 수도꼭지 아래 엎드렸다. 차가운 지하수가 등을 타고 흘러내렸다. 등이 얼얼 해질 때까지 찬물을 끼얹으니 더위가 가셨다. 하지만 방수포 안에서 땀을 흘리고 있을 기철이가 생각나 미안한 마음이 들었다. 나는 내 일을 잘하는 것으로 보답하기로 했다.

벗어 놓은 옷을 탈탈 털어 입었더니 막 다림질한 옷처럼 뜨끈했 다. 마루에 걸린 시곗바늘은 오후 5시를 넘었다. 나는 도시락이 담긴 비닐봉지를 들고 대문을 나섰다. 하지만 그가 있는 지구대로 바로 가 지 않고 기철이가 얘기한 곳으로 먼저 갔다. 저만치 공판장 입구가 보였다.

햇빛 속을 걷다 그늘진 공판장으로 들어서자 잠깐 앞이 보이지 않 았다. 나는 실내가 눈에 익을 때까지 기다렸다 아줌마를 찾았다. 안 쪽 공간에 아줌마들이 둘러앉아 생선을 손질하고 있었고, 그중에 기 철이네 엄마도 있었다. 내가 가까이 가자 사람들이 고개를 들고 한 번씩 쳐다봤다. 아줌마가 일손을 놓으며 걱정스러운 얼굴을 했다.

"니가 여까지 어쩐 일이고? 뭔 일 있나?"

나는 준비했던 말을 했다.

"오늘 저녁에 기철이랑 저희 집에서 자기로 했어요."

176

"와?"

"망원경으로 별 보기로 했거든요."

그제야 아줌마가 고개를 끄덕이며 내 뒤를 넘겨다봤다.

"기철이는 어데 있노?"

"기철이가 저더러 허락받아 오라고 했어요."

아줌마가 알 만하다는 표정을 지었다.

"저녁은 먹고 올라가지."

나는 도시락이 담긴 비닐봉지를 들어 보였다.

"벌써 챙겼어요."

그제야 아줌마가 흡족한 얼굴을 했다.

"오야. 잘했네."

나는 아줌마에게 꾸벅 인사를 하고 돌아섰다. 얼마쯤 걷는데 뒤에서 아줌마가 소리쳤다.

"야야, 오늘 바람 많이 분다카니 문단속 잘해라. 문 열고 자면 클난다."

나는 돌아서서 손을 흔들었다.

이제 정말 그를 만나러 가야 했다. 나는 바지 뒤춤에 꽂아 둔 비닐봉지를 확인하고 지구대로 갔다. 유리문에 달린 종이 어서 들어오라며 요란하게 짤랑거리자 칸막이 안쪽에 있던 경찰관이 고개를 들고 나를 쳐다봤다. 유 형사는 보이지 않았다. 경찰은 여기 사람이 아닌지 사투리를 쓰지 않았다.

"뭔 일이냐?"

나는 왼쪽에 있는 쇠창살을 보며 말했다.

"며, 면회 왔는데요."

그제야 경찰관이 나를 알아봤다.

"그러고 보니 그 녀석 아니야, 저 사람이 삼촌이라고 거짓말했던."

또 다른 한 명이 자리에 앉은 채로 낄낄거렸다.

"삼촌이면 다행이게. 지구인이 아니라고 했잖아."

나는 화를 참고 공손하게 말했다.

"잠깐만 보면 안 될까요?"

경찰관이 쇠창살 쪽으로 가며 말했다.

"이쪽으로 와라."

나는 경찰관을 따라가며 내부를 살폈다. 역시 짐작대로 창가가 있는 오른쪽에 내실과 화장실이 나란히 붙어 있고, 가운데 공간에는 책상이 여섯 개, 창문은 오른쪽에 하나 출입문과 마주 보는 벽에 하나가 있다. 왼쪽 벽이 그가 갇힌 쇠창살이다. 경찰관은 쇠창살 바로 앞에 있는 칸막이에서 열쇠를 집어 들었다.

"들어가서 볼래? 밖에서 볼래?"

뜻밖의 제안이다. 나는 재빨리 대답했다.

"아, 안이요."

그러자 경찰관이 열쇠를 제자리에 걸며 말했다.

"그건 규정 위반이다."

놀리려는 게 분명했다. 속이 부글거렸지만 참았다. 경찰관이 나와 그를 번갈아 보며 말했다.

"오래는 안 돼."

나는 도시락을 들어 보였다.

"이거 먹는 동안이면 되죠?"

경찰관은 별수 없다는 듯 고개를 끄덕였다. 나는 경찰관이 제자리로 돌아가는 걸 확인하고 그와 눈높이를 맞춰 맨바닥에 앉았다. 그가 먼저 입을 열었다.

"어떻게 왔니?"

나는 목소리를 낮추고 말했다.

"시간 없어요. 일단 이거 받아요."

나는 철장 안으로 도시락을 밀어 넣었다. 도시락을 받아 든 그가 어리둥절한 표정을 지었다.

"먹으면서 들어요."

그는 내가 시키는 대로 도시락을 펼쳤다.

"그거 갖고 있죠?"

내 말을 알아듣고 그가 손바닥으로 셔츠 주머니를 눌렀다. 성간 여행 장치는 그가 갖고 있는 게 확실했다. 나는 비닐봉지에서 꺼낸 걸 그에게 내밀었다. 그가 찾는 부품이다. 막대를 받아 든 그의 눈이 휘둥그레졌다. 나는 목소리를 낮췄다.

"어서 주머니에 넣어요."

막대를 셔츠 주머니에 넣으면서도 그는 내게서 눈을 떼지 않았다.

"어째서……?"

"보내기 싫었어요."

그는 한 방 먹은 표정을 짓더니 이내 슬픈 얼굴을 했다.

"죄송해요."

그는 아무 말도 하지 않았다.

"이렇게 될 줄 몰랐어요. 정말 미안해요."

그가 짧게 숨을 내쉬며 말했다.

"내 걱정은 마라."

그때 경찰관이 소리쳤다.

"뭘 그리 속닥거리냐?"

그러더니 자기들끼리 큰 소리로 웃고 떠들었다. 그에게 계획을 알려 줘야 했는데 오히려 잘됐다. 나는 자세를 고쳐 앉으며 물었다.

"부품만 있으면 고칠 수 있는 거 맞죠?"

그가 고개를 끄덕였다.

"밤에 다시 올게요."

"무슨 소리냐?"

"아저씨를 여기서 빼낼 거예요."

나는 고개를 갸웃거리는 그에게 다짐을 줬다.

"오늘 에이야로 돌아가야 해요."

그의 눈이 커졌다. 나는 거의 속삭이다시피 그에게 계획을 알렸다.

"지구대를 탈출해서 기철이가 있는 해변으로 갈 거예요. 거기서 배를 타고 바다로 나갈 거고요. 그때 파르도를 작동시키세요."

그가 내 눈을 보며 물었다.

"그다음엔?"

나는 그를 안심시켰다.

"우린 배를 타고 다시 해변으로 돌아올 거예요."

그때 경찰관이 소리쳤다.

"시간 다 됐다."

그가 내게 손을 뻗었고, 나는 그의 손을 힘주어 잡았다. 나는 붉어진 눈시울을 들키기 싫어서 출입문을 나설 때까지 돌아보지 않았다. 문에 달린 종이 짤랑대며 내게 배웅 인사를 했다. 시멘트 바닥에 반사된 햇볕에 눈이 따가워서 나는 잠시 그대로 서 있었다. 눈을 똑바로 떴을 때 저만치 유 형사가 보였다. 다행히 유 형사는 다른 데 한눈을 파느라 나를 보지 못했다. 나는 부랴부랴 건물 뒤편으로 몸을 숨기고 유 형사가 지구대 문을 열고 들어갈 때까지 꼼짝하지 않았다. 유리문에 달린 종이 사납게 흔들렸고, 유 형사의 목소리도 들렸다.

"씨발, 드럽게 덥네."

덥긴 더웠다. 풍랑주의보가 발령된다는 게 믿기지 않을 정도로 바람은 불지 않았고, 해는 이글거렸다. 무거운 공기를 뚫고 가는 내내 등줄기에선 땀이 쉴 새 없이 흘렀다. 나는 집으로 가는 동안 지구대 내부의 모습을 머릿속에 그리고 또 그렸다.

탈출

해가 지면서 바람이 불었다.

바람이 시작된 곳은 마을 뒤편에 있는 산이다. 커다란 나무들이 바람을 따라 흔들릴 때마다 나뭇잎들이 부딪히면서 빗소리가 났다. 나는 번번이 창을 열고 비가 오나 내다봤지만 아니었다. 창문 너머 바다는 주홍빛과 검붉음으로 물들고, 하늘은 두꺼운 구름으로 짙은 회색빛을 띠었다. 그리고 마침내 해가 남긴 잔상마저 모두 사라진 뒤, 하늘과 바다는 검은 덩어리로 하나가 되었다.

나는 지도와 계획이 적힌 종이를 책상 위에 나란히 펼쳤다. 그리고 이미 처리한 일에는 밑줄을 그었다. 이제 남은 일은 그를 지구대에서 빼내는 것과 바다에 배를 띄우는 거다. 나는 새 종이를 가져와

낮에 본 지구대 내부를 그렸다. 출입문 안쪽 칸막이, 그 안쪽에 배치된 책상들, 오른쪽은 내실과 화장실, 왼쪽엔 그가 갇힌 쇠창살. 창문은 왼쪽 벽에 하나, 출입문과 마주한 뒤쪽 벽에 하나. 만약을 대비해 창문으로 나가는 방법도 생각했지만 창문 바깥쪽에 쇠창살이 설치되어 있어 불가능했다. 쇠창살을 뜯어내는 것보단 널찍한 출입문으로 정면 돌파하는 편이 나았다. 나는 그림을 천천히 훑어보고 열쇠가 걸려 있던 자리에 큼지막하게 별을 그려 넣었다.

시계를 보니 9시다. 지금쯤이면 선착장에서 일하던 사람들도 집으로 돌아갔을 시간이다. 나는 검은 옷으로 갈아입었다. 흰색 옷은 눈에 띈다고 했던 기철이 말 때문이다. 옷을 갈아입은 뒤에는 안방에 가서 옷장 문을 열었다. 아빠 옷은 가운데 옷장에 걸려 있었다. 옷장 문을 여니 아빠 냄새가 났다. 아빠가 즐겨 쓰던 화장품 향이 옅게 밴 냄새. 하마터면 눈물이 날 뻔해서 서둘러 옷들을 헤치고 짙은 색 남방을 꺼냈다. 그에게 입힐 옷이다. 옷장 문을 닫으려는데 구석에 놓인 야구 모자 두 개가 눈에 들어왔다. 아빠가 커플 모자라며 사 온 남색 모자다. 나는 그것도 마저 챙겼다.

준비를 마친 뒤에는 집 안을 돌아다니며 전등을 켰다. 불이 켜져 있으면 누가 봐도 집에 사람이 있다고 생각할 거다. 신발을 신고 집을 나서려는데 아줌마가 한 말이 생각나서 도로 집으로 들어갔다. 나는 창문들이 제대로 닫혔나 확인하고 집을 나섰다. 바람은 생각보다 훨씬 강했다. 산수유나무에 걸린 돌멩이들은 끈만 풀리면 달려 나갈 개떼처럼 오르락내리락하며 제자리 경주를 했다. 그때 집 뒤에 있는 산에서 몰아친 바람이 등을 떠미는 바람에 나도 모르게 발을 내디뎠다. 나는 뒷산을 노려보며 말했다.

"간다, 가."

바람 소리는 세상을 지배했다. 멀리 있는 등대 불빛과 선착장에 있는 면사무소와 지구대의 불빛, 뜨문뜨문 서 있는 가로등의 불빛과 마을에서 새어 나오는 불빛들이 바람을 따라 흔들리는 것 같았다. 나는 선착장 건너편에 있는 바람 절벽을 눈어림으로 짐작했다. 기철이가 어쩌고 있을지 걱정됐다. 녀석은 아마 내 걱정을 하고 있지 싶었다. 언덕을 내려온 뒤로는 불빛이 없는 곳을 골라 지구대로 갔다. 지구대까지 가는 동안 내가 마주친 건 어둠 속에 웅크리고 있던 고양이와 귀신처럼 나타난 낯선 사내가 전부였다.

"야옹."

나는 고양이 울음소리를 듣기 전까지 그곳에 고양이가 있는 줄도 몰랐다. 고양이 소리에 심장이 얼어붙을 수 있다는 것도 처음 알았다. 녀석은 꼼짝도 하지 않고 검은 몸뚱이를 웅크린 채 나를 노려봤다. 왜 남의 영역에 함부로 발을 들여놓냐는 듯 못마땅한 표정이다. 나는 살금살금 걸어서 녀석의 시야를 벗어났는데 모퉁이를 돌자마자 누군가와 정면으로 부딪쳤다. 이번엔 진짜로 심장이 떨어지는 줄 알았다. 낯선 남자는 바닥에 떨어진 모자를 냉큼 주워 머리에 눌러썼다.

"죄, 죄송합니다."

내가 우물우물 말하자 그가 손을 들어 꺼지라고 손짓했다. 하얀 손등에 난 기다란 흉터가 유난히 도드라져 보였다. 그걸 본 순간 나는 그가 섬사람이 아니라고 확신했다. 섬사람들은 햇볕에 그을린 검고 투박한 손을 가졌다. 사내는 어깨에 멘 회색 더플백의 줄을 단단히 움켜쥐고 다른 손으론 모자를 누른 채 잔뜩 웅크린 자세로 걸었다. 마치 그 자세라면 바람을 뚫을 수 있으리라 믿는 것처럼. 나는 잰걸음으로 멀어지는 사내의 뒷모습을 한참 동안 바라봤다. 사내는 전체적으로 낚시꾼 인상을 풍겼지만 어딘지 모르게 불안한 모습이었다.

낯선 남자에게 정신이 팔려서 그런지 예상보다 지구대에 늦게 도착했다.

나는 엉거주춤 자세를 낮추고 안을 들여다봤다. 지구대를 지키고 있는 사람은 한 명뿐이었다. 하지만 잠시 뒤 내실 문이 열리면서 한 명이 더 나타났는데 제복 대신 운동복을 입고 있었다. 아마도 번갈아 불침번을 서는 모양이다. 아무리 봐도 유 형사의 모습은 보이지 않았다. 어쩐지 일이 잘 풀릴 것 같은 예감이다. 나는 하늘을 올려다보고 구름에 가린 보름달을 향해 기도했다.

'도와주세요.'

운동복을 입은 남자가 내실로 다시 들어갔다. 나는 손에 든 노끈을 만지작거리며 안쪽을 살폈다. 제복을 입은 경찰관은 뻐딱한 자세로 의자에 앉아 모니터를 들여다보고 있었다. 잠시 뒤, 경찰관이 자리에서 일어나는 바람에 나는 잽싸게 몸을 낮췄다. 다시 몸을 세우니 화장실로 들어가는 경찰관의 모습이 보였다. 바로 내가 기다리던 순간이다.

나는 출입문으로 가서 종소리가 나지 않게 천천히 문을 열고 들어갔다. 내 모습을 본 그가 쇠창살 안에서 일어났다. 나는 그에게 눈인사만 하고 화장실 쪽으로 가서 귀를 갖다 댔다. 이미 확인한 대로 양쪽 문 모두 밖으로 열리게끔 되어 있다. 나는 노끈으로 만들어 둔 고리를 화장실 문고리에 걸었다. 그리고 반대쪽 줄을 바로 옆에 붙은 내실 문고리에 둘렀다. 그다음은 줄을 팽팽히 당겨서 양쪽 문을 함께 잡아맸다. 조마조마해서 심장이 졸아드는 것 같았는데 다행히 안쪽에선 아무런 눈치도 채지 못한 모양이다.

나는 빠르게 노끈의 남은 줄로 두 개의 문고리를 지그재그로 반복해서 감았다. 집에서 연습한 보람이 있었다. 남은 줄로는 연결된 중간 지점에 매듭을 두 번 세 번 묶었다. 이제 화장실과 내실의 문은 하나로 연결되어 웬만큼 힘을 쓰지 않으면 열 수 없게 됐다. 남은 줄이 풀리지 않도록 팽팽히 당기는 순간 화장실 문이 들썩이면서 목소리가 새어 나왔다.

"어, 뭐야?"

엄청 놀랐지만 문이 열리지 않아 안심했다. 손잡이가 줄로 연결되었으니 밖에서 끊어 내지 않는 이상 쉽게 열리지 않을 거였다. 곧이어 내실 쪽 문에서도 같은 반응이 나왔다. 경찰들은 서로 열리지 않는 문을 들썩이며 소리쳤다.

"야, 장난치지 마."

"선배님이야말로 이러지 마십쇼."

"무슨 소리야. 빨리 안 열어."

"저도 지금 화장실에 있습니다."

매듭은 단단했지만 덜컹대는 문짝이 아무래도 불안했다. 경찰들이 힘으로 문을 부수기라도 하면 말짱 헛일이었다. 나는 재빨리 그가 있는 곳으로 갔다. 하늘이 돕는지 열쇠는 제자리에 있었다. 나는 가져온 남방과 모자를 창살 안으로 밀어 넣었다.

"얼른 입어요."

나는 자물쇠에 열쇠를 꽂아 돌렸다. 화장실과 내실 문은 아직 열리지 않았다. 하지만 문짝이 떨어져 나갈 것처럼 들썩였다. 이제 경찰관들이 밖으로 나오는 건 시간문제다. 나는 쇠창살을 옆으로 밀쳐서 그가 나올 수 있도록 했다.

"얼른 가요."

모든 게 계획대로다. 하지만 출입문을 향해 달려가던 우리는 제자리에 멈춰 서야 했다. 유 형사가 느긋한 표정으로 출입문을 열고 들어왔는데 문에 달린 종소리가 그의 입장을 알리는 팡파르 같았다.

유 형사의 째진 눈이 동그래졌다. 그는 우리를 한번 보고, 요란한 소리가 새어 나오는 화장실과 내실 문을 돌아봤다. 유 형사는 상황 판단이 빨랐다. 그는 양팔을 벌리고 출입문을 막아섰다. 2 대 1이지만 우리는 유 형사의 기세에 눌려 옴짝달싹 못 했다. 거기다 들썩이는 문은 우드득 빠개지는 소리까지 냈다.

유 형사가 사나운 얼굴로 말했다.

"이 새끼 잘 걸렸어."

바로 그때 등 뒤에서 푸른빛이 뻗어 나와 유 형사에게 날아갔다. 불빛을 맞은 유 형사는 그대로 출입문까지 날아갔고 문에 부딪힌 뒤 바닥에 널브러졌다. 순식간의 일이었다. 뒤를 돌아보니 그의 손에서 푸른빛이 잦아들었다. 나는 참았던 숨을 내쉬었다. 그가 어깨를 으쓱했다. 유 형사를 살폈는데 다행히 숨은 쉬고 있었다.

"진작 이러지 그랬어요?"

"조금 있으면 깨어날 거다."

우리는 유 형사를 넘어 출입문으로 갔다. 그때 유 형사 허리춤에 있는 수갑이 눈에 띄었다. 나는 허리를 숙여 수갑을 빼냈다. 그리고 바깥으로 나와 출입문 손잡이에 수갑을 채웠다. 이건 계획에 없었지만 결과는 더 좋은 셈이 됐다. 출입문 밖에 채워진 수갑을 풀려면 시간이 꽤 걸릴 테고, 우리는 그만큼의 시간을 더 벌 수 있었다.

우리는 바람을 매단 채 기철이가 있는 바람 절벽으로 갔다. 우리가 바람을 끌고 가는 건지, 바람이 우리를 밀고 당기는 건지 알 수 없을 만큼 바람은 제멋대로였다. 나는 마지막 계획을 무사히 끝낼 수 있도록 시간이 충분하기를, 그 시간만큼은 바람도, 바다도, 구름도 모두 우리 편이기를, 그래서 그가 이곳을 무사히 떠날 수 있기를 빌고 또 빌었다.

마침내 우리는 바람 절벽에 닿았다. 조금 전까지 지나온 길과 수많은 바위를 어떻게 넘어왔는지 기억나지 않았다. 하지만 정신을 차리니 불빛이 새어 나오는 동굴이 보였고, 그건 마치 폭풍 속에서 등대를 만난 것처럼 위로가 됐다. 나는 불빛을 본 순간 맥이 풀려서 그가 옆에서 부축하지 않았다면 바닥에 주저앉을 뻔했다. 기철이는 랜턴을 동굴 안쪽 벽을 향하게 두고 앉아 있었다. 우리를 본 기철이가 일어섰다.

"제법이네."

여태 우리를 기다리며 속을 태웠을 녀석의 마음이 느껴졌다. 바깥에서 사납게 날뛰는 바람은 동굴 안으로는 들어오지 않았다. 나는 옛날 일이 떠올랐다.

섬으로 이사 오고 얼마 있다 바람이 심하게 불었다. 그날도 산에 있는 나무들이 바람 때문에 광란의 춤을 췄다. 바람이 아니고는 점잖은 나무들을 그렇게 흔들어 놓을 수는 없었다. 그때 아빠가 거실 창을 가리키며 말했다.

"주인아, 창문 열면 바람이 들어올까?"

그건 당연해 보였다.

"들어오지."

아빠가 의미심장하게 웃었다.

"과연 그럴까?"

나는 아빠가 무슨 속임수를 쓰려나 생각했다. 아빠는 일어나서 거실 창문을 활짝 열었다. 그런데 생각과 달리 바람이 들어오지 않았다. 정원에 있는 나뭇가지들은 바람에 몸부림치는데 집 안은 창문을 열기 전과 비슷했다. 소파에 비스듬히 누워 있던 나는 몸을 일으켰다.

"어? 왜 이래요?"

아빠는 아무렇지 않은 얼굴로 거실과 마주한 주방으로 갔다. 그리고 보란 듯 개수대 앞에 있는 창문을 열었다. 그때 신기한 일이 벌어졌다. 바람이 집으로 들어온 거다. 밖에서 날뛰던 바람은 이때다 싶게 집으로 들어와 테이블에 있는 종이를 날리고, 팝콘이 담긴 그릇을 엎었다. 그것도 모자라 식탁 유리 밑에 깔아 둔 식탁보를 훌렁 뒤집어서 그 위에 놓여 있던 반찬들을 덮어 버렸다. 그 바람에 반찬도 엉망이 되고, 식탁보도 반찬이 묻어 엉망이 됐다.

아빠가 거실로 돌아와 창문을 닫았다.

"봤지? 바람이 얼마나 똑똑한지. 바람은 나갈 길이 없는 곳으로는 절대 들어오지 않는 법이거든."

나는 그때 일을 떠올리며 그를 봤다.

그도 바람인지 모른다. 어디든 가야 하고 어느 곳에도 묶이지 않는 바람. 그런데 나는 어리석게도 바람을 가둘 수 있다고 생각했다. 붙들린 바람은 바람이 아니라 흐름의 생명을 잃은 공기에 지나지 않는다. 그때 기철이가 방수복과 구명조끼를 내밀었다.

"퍼뜩 입어라."

그는 벌써 옷을 입고 있었다. 기철이는 방수복과 구명조끼는 물론이고 두툼한 장갑에 머리에는 십자 밴드로 고정되는 헤드 랜턴까지 했다. 기철이는 우리에게도 두툼한 장갑을 내밀었다.

"밧줄에 끼기면 손가락이 잘릴 수도 있다."

괜히 겁주려고 한 말이 아니다. 선착장에서 뱃전에 손이나 발이 끼는 사고는 안전 부주의로 일어난다. 그런 사고로 살이 뭉개지거나 뼈가 손상되면 심각할 경우 절단할 수도 있었다. 방수복을 입은 탓에 땀이 비 오듯 흘렸지만 아무도 투덜대지 않았다. 동굴 밖으로 나오자 바람이 사방에서 우리를 공격했다. 우리는 맹수에게 둘러싸인 초식 동물처럼 갈팡질팡했다. 기철이가 놀란 목소리로 말했다.

"우와, 웬 지랄이고."

나는 휘청대는 몸을 바로 하며 절벽을 짚었다. 그가 장갑 낀 손을 내밀어 내 손을 잡았다. 잠깐 동안 그가 두툼한 장갑을 낀 채로 성간 여행 장치를 다룰 수 있을지 걱정이 됐다. 나는 고개를 들고 물었다.

"고쳤어요?"

그는 고개를 끄덕였다.

"장갑 끼고 괜찮겠어요?"

그는 구슬을 넣어 둔 가슴께를 손바닥으로 툭툭 쳤다.

"괜찮다."

기철이가 헤드랜턴의 차단막을 내리자 불빛이 앞으로 멀리 나가는 대신 발아래를 비췄다. 우리는 기철이가 비추는 바닥을 보며 살금살금 배가 있는 곳으로 갔다. 배를 덮은 방수포를 걷는 건 셋이 함께 했다. 방수포는 생각보다 무거웠고, 두께도 만만치 않아 고르게 마는데 애를 먹었다. 기철이가 소리쳤다.

"너무 잘 말려고 할 필요 없다. 어차피 이건 무거워서 배에 싣지도 몬한다."

방수포를 걷어 내자 배의 형태가 온전히 드러났다. 레저용 낚싯배다. 엔진은 후미에 있고, 조종간은 선미에 달렸다. 시동은 버튼 식이다. 배의 기어는 단순해서 전진과 후진, 정지가 전부다. 뱃전 아래에 붉은색 글씨가 보였다.

은하호

기철이가 아빠의 유품이라고 간직하던 배의 파편에 적힌 이름이다. 그걸 보고 있자니 별의별 생각이 다 났다. 그중에서도 아줌마 생각이 가장 많이 났다. 아줌마가 이걸 보면 가만있지 않을 거다. 나는 아줌마에게 미안했다. 하지만 지금은 불길한 생각은 하지 말아야 한다. 그래야 별일 없을 거 같았다.

사나운 바람은 방수복을 뚫을 기세였다.

"아이고야, 내가 미쳤다. 아이제, 내가 아이고 점마가 미친 기라."

기철이가 나를 노려봤다.

"니 참말로 갈 기가? 이러다 죽을지도 모른다."

"무서우면 빠져. 시동만 걸어 주면 나머진 내가 알아서 할게."

기철이가 펄쩍 뛰었다.

"미쳤나? 이건 내 배다."

나도 진심은 아니었다. 나는 그를 돌아보며 아무렇지 않은 척했다.

"걱정 마요."

그는 정말 아무것도 걱정하지 않다는 듯 편안한 미소를 지었다.

이제 배를 바다에 띄워야 했다. 우리는 바닥에 박아 놓은 나무 기둥이 온전한지 확인하고 배의 후미로 갔다. 기철이의 구령에 맞춰 힘을 쓰자 배가 조금씩 비탈길을 내려갔다. 기철이가 벌게진 얼굴로 말했다.

"바람이 이라믄 물은 어떻겠노?"

생각하고 싶지 않았다. 기철이가 제 물음에 답했다.

"배를 뿌사 버리려고 할 기다."

"겁주지 마."

기철이가 생각났다는 듯 물었다.

"니 멀미약은 먹었나?"

그럴 리가. 멀미약 챙겨 먹을 정신이 어디 있겠는가. 하지만 나는 걱정거리를 보태고 싶지 않았다. 나는 힘을 쓰며 말했다.

"먹었어."

그때 그가 중얼거렸다.

"너희에게 미안하다."

무슨 그런 말씀을. 기철이가 용케 알아듣고 대꾸했다.

"택도 아니라예. 이게 다 이놈아랑 내랑 저지른 일 아입니꺼."

어쩌자고 녀석한테는 자꾸 고마운 일만 생기는지 모르겠다. 얼마쯤 지나자 배가 물가에 걸쳐졌다. 우리는 멈춰 서서 물 위에 뜬 배를 바라봤다. 그때 바람이 절벽 사이를 지나면서 울부짖는 소리를 냈다. 나는 하늘을 올려다봤다.

'제발 도와주세요.'

기철이는 온갖 신을 향해 중얼거렸다.

"하나님, 부처님, 천지신명님, 용왕님, 북두칠성님, 알라신이시여

살려 주이소."

　나는 세상의 모든 신이 기철이의 기도를 들어주길 빌었다. 우리는 배가 뒤집히지 않도록 해변과 나란하게 됐다. 그리고 둘러서서 서로의 얼굴을 바라본 뒤 배에 올랐다. 마지막으로 오른 기철이가 들릴 듯 말 듯 중얼거렸다.

　"뿌사지지만 마라, 뿌사지지만 마라, 뿌사지지만 마라."

　그건 마치 다른 세계로 가기 위한 주문처럼 들렸다. 그렇게 우리는 바다로 나갔다.

동쪽 하늘로

바다는 그야말로 미친 듯이 덤볐다. 우리가 지금까지 한 일을 모두 수포로 만들려고 작정한 것처럼.

"우르르릉!"

"구르르릉!"

우리는 천둥소리가 들릴 때마다 배가 부서지는 줄 알고 깜짝깜짝 놀랐다. 배는 투우장에 억지로 끌려 들어온 소처럼 날뛰었다. 기철이가 조종대를 잡고 안간힘을 썼지만 배는 좀처럼 앞으로 나가지 못했다. 가끔은 너무 기울어서 금방이라도 뒤집힐 거 같았다. 그렇게 딱 죽겠다 싶으면 파도가 머리 위로 쏟아져 정신을 번쩍 들게 했다. 우리는 바다로 나온 지 5분도 지나지 않아 물에 빠진 생쥐 꼴이 되었고, 개떼처럼 달려드는 바람은 얼굴을 사정없이 할퀴었다. 그러다 결국엔 그와 내가 쓰고 있던 야구 모자를 멀리, 아주 멀리 가져가 버렸다. 어둠 속으로 멀어지는 모자를 보고 있자니 몸의 일부가 사라진 것 같았다. 하지만 슬퍼할 겨를도 없었다. 나는 한 손으로 배의 난간을 붙들고 바닥에 고인 물을 바가지로 퍼내느라 바빴다. 신기하게도 멀미는 하지 않았다. 위장이 너무 놀라서 움직임을 멈춘 거 같았다.

그는 어땠냐면, 아무렇지 않았다.

배가 흔들리면 흔들리는 대로, 파도가 몸을 덮치면 덮치는 대로 그대로 받아들였다. 그가 너무 편안한 얼굴을 하고 있어서 진짜 걱정 됐다. 미친 날씨 탓에 넋이 나간 게 아닌가 걱정이 됐고, 우리의 계획이 너무 무모해서 가망이 없다는 걸 알아채고 미리 체념한 건 아닌지 겁이 났다.

기철이는 알아들을 수 없는 욕을 끊임없이 했다. 그러고 보면 잠시도 쉬지 않고 욕을 해 대는 기철이도 정상은 아니었다. 물론 미친 듯이 바닥을 긁고 있는 나도 정상처럼 보일 리 없다.

젤리 같은 파도는 뒤틀리고 꿀렁거리며 배를 들었다 났다 했다. 번개가 번쩍하더니 컴컴한 바다가 한눈에 들어왔다. 눈으로 확인한 파도는 생각보다 심각했다. 그건 마치 잔뜩 화가 난 용이 기다란 몸을 마구 비트는 것과 같았다. 파도를 달랠 수만 있다면 내가 제물이 되어도 좋다고 생각했다. 그만큼 우리가 살 가능성은 희박해 보였다.

보고도 믿을 수 없는 풍경에 머리가 멍한 사이 바다 위로 번개가 내리꽂혔다. 일직선으로 내리꽂힌 번개는 정확히 세상을 반으로 뚝 잘라 놓았다. 마치 검은 장막을 칼로 베어 내자 그 사이로 푸른빛이 새어 나온 것처럼. 곧이어 고막을 찢는 천둥소리가 들렸다.

"콰르르릉. 쾅!"

우리는 얼음이 되어 서로의 얼굴을 바라봤다. 배는 바람이 미친 듯이 날뛰는 한복판에 들어와 있었다. 여기서는 배가 뒤집혀 물에 빠지거나 벼락에 맞아 전기 구이가 되거나 천둥소리에 고막이 터져 죽는 일이 일어난대도 당연할 거 같았다. 죽지 않으려면 여기서 벗어나야 했다.

'바람은 나갈 곳이 없으면 들어오지 않는다.'

나는 바가지를 팽개치고 기철이에게 갔다.

"초승달 해변으로 가자."

조종대를 붙잡은 기철이가 안간힘을 쓰며 물었다.

"뭐? 어데?"

나는 손을 입에 모으고 또박또박 외쳤다.

"초, 승, 달, 해, 변!"

기철이가 고개를 끄덕였다.

"꽉 잡아래이."

기철이가 손을 놓자 조종대가 팽그르르 돌면서 배가 방향을 틀었다. 그 바람에 나는 바닥에 철퍼덕 엎어졌는데 안 그랬다면 배 밖으로 튕겨 나갈 뻔했다. 그는 팔과 다리를 배 가장자리에 붙이고 안정적인 자세를 취했다. 배가 방향을 바꾸자 바람이 한쪽에서만 불었다. 우리는 바람을 등지고 조금씩 앞으로 나아갔는데 출렁거리는 파도 때문에 연신 엉덩방아를 찧어야 했다.

초승달 해변은 병풍처럼 둘러선 바위가 섬 안쪽으로 깊숙이 들어와 있는 해변이다. 높은 곳에서 보면 안쪽으로 휘어진 해변이 초승달처럼 생겼는데 절벽 같은 바위가 험해서 걸어서는 못 가는 곳이다. 해변 안쪽에 솟은 바위 절벽은 거대한 병풍 같아서 바람 길을 막았다. 배가 속도를 높이자 나는 그를 돌아봤다.

"괜찮아요?"

그는 나와 눈이 마주치자 주먹을 펼쳐서 파르도를 보여 줬다. 어느새 장갑은 벗고 있는데 다친 곳이 보이지 않아 다행이었다. 기철이는 조금씩 조종대를 다루는 게 익숙해졌는지 욕을 하지 않았다. 배가 파도 위를 뛰어가는지 날아가는지, 알 수 없는 충격은 여전했지만 그래도 바람을 등지고 있어서 숨쉬기가 편했다. 나는 크게 엉덩방아를 찧은 뒤에 배가 잠잠해지길 기다렸다 말했다.

"미안해요, 나 때문에……."

그가 내 손을 잡았다.

"괜찮아."

그 말이 내 마음속에 묵직하게 가라앉았다. 그 순간 그의 눈동자가 파란색으로 변했다. 그가 말했다.

"나는 준비가 됐어."

그 말은 지금까지와는 다른 질감으로 느껴졌다. 마치 내 귀에만 대고 속삭이는 것 같기도 하고, 아주 먼 곳에서 울리는 메아리 같기도 했다. 그때 배가 또다시 위로 솟구쳤다 떨어지는 바람에 나는 눈을 질끈 감았다가 떴고, 그사이 그의 눈동자는 좀 더 파래졌다. 그건 아빠가 좋아하던 파랑이랑 비슷했다. 나는 그 파랑의 이름을 떠올리려고 애썼는데 잘 생각나지 않았다. 그때 배가 다시 튕겨 올라갔고, 그 순간 나는 파랑의 이름을 기억해 냈다.

코발트블루.

그 색으로 만다라 문양을 그려 놓은 천이 내 방에 걸려 있었다. 아빠가 인도에서 사 온 건데 거기에는 우주의 기운이 모여 있다고 했다. 흘러들었던 말이지만 지금은 그 말이 진짜라고 믿고 싶었다.

기철이가 구시렁댔다.

"귀찮게 됐네."

기철이가 헤드랜턴의 불을 끄자 앞쪽 허공에 밝은 불이 일렬로 늘어선 게 보였다. 기철이는 시동을 끄지 않은 채 배를 멈췄다. 나는 난간을 붙잡고 기철이에게 갔다.

"저게 뭐야?"

"불빛은 불빛인데 뭔지는 모르겠다."

잠시 뒤, 섬에서 사이렌 소리가 울렸다. 유 형사의 얼굴이 떠올랐다.

"우리를 알아봤을까?"

"모르지. 쪼매 기다려 보자."

그 말이 끝나기 무섭게 절벽 위에서 서치라이트 불빛이 뻗어 나왔다. 풍랑 때문에 경비정이 출동하지 못하니 육지에서 바다를 살피려는 모양이었다. 우리 배는 오른쪽 서치라이트와 왼쪽 서치라이트 중간쯤에 있었다. 배가 파도에 밀려 불빛 쪽으로 떠내려갔는데 이대로 있다간 들키기 십상이었다. 불빛을 피해 배를 움직인다고 해도 들키는 건 시간문제다. 배가 서치라이트 불빛보다 빠를 수는 없었다.

나는 주위를 두리번거렸다. 어떻게 해서든 절벽에 있는 사람들의 관심을 다른 곳으로 돌려야 했다. 나는 기철이 머리에서 헤드랜턴을 벗겼다. 그리고 그걸 들고 있던 바가지에 단단히 고정했다. 바가지와 기철이의 머리 크기가 비슷한지 랜턴을 고정하는 데 시간이 오래 걸리지 않았다. 나는 절벽에서 볼 수 있게 랜턴의 불을 켜고 그걸 멀리 던졌다. 생각대로 서치라이트가 랜턴 빛을 쫓아 움직였다. 나는 기철이에게 소리쳤다.

"지금이야!"

기철이는 내 신호에 맞춰 배의 속도를 높였다. 하지만 한곳에 모였던 서치라이트 빛은 다시 바다 이곳저곳을 훑었다. 서치라이트 불빛에서 집요함이 느껴졌다. 우리는 꼼짝없이 빛에 붙들릴 신세가 되었다. 서치라이트 불빛은 배의 후미를 향해 점점 거리를 좁혀 왔다. 바로 그때 바다를 비추던 빛이 한꺼번에 사라졌고, 절벽 위에 늘어선 빛이 일렬로 움직였다.

"지프차구마. 암만해도 군부대가 출동했는갑다."

그게 사실이라는 걸 증명하듯 지프차에서 나온 두 쌍의 불빛들이 어디론가 줄 맞춰 이동했다. 마음을 심란하게 만드는 사이렌 소리는 그대로지만 불빛이 사라진 것만으로도 마음이 놓였다. 기철이가 소리쳤다.

"상자에서 랜턴 좀 꺼내가 불 좀 켜 봐라!"

나는 기철이가 시키는 대로 랜턴을 가져와 앞쪽을 비췄다. 아직 절벽은 보이지 않았다. 하지만 얼마쯤 지나자 우뚝 선 벽이 희미하게 보였고, 기철이는 랜턴을 비추며 자세히 살폈다. 한참 만에 기철이가 말했다.

"초승달 해변 맞네."

그때 하늘에서 후드득 비가 쏟아졌다. 비가 쏟아지면서 그나마 바람이 잦아들었는데 잘은 모르지만 자연현상에는 어떤 법칙 같은 게 있다는 생각이 들었다. 바람이 불고, 그다음엔 천둥번개, 그리고 비. 정말 운이 나쁘면 그 모든 게 동시에 진행될 수도 있겠지만 우리는 운이 좋은 편에 속했다. 기철이는 해변 가까이에 배를 댔다. 여기까지 온 것만으로도 기적이었다.

그때 그의 몸에서 푸른빛이 나와 배 전체를 감쌌다. 나와 기철이는 뒤로 물러났다. 기철이가 내 팔을 잡았다.

"미안타, 의심해서……."

그에게 물었다.

"이제 가요?"

그는 해변을 둘러보며 말했다.

"여긴 바위가 너무 많아."

그의 말대로 이곳 해변은 바위로 덮여 있었다. 바위에 부딪힐 염려가 있어서 배가 안쪽으로 더 들어가기도 쉽지 않았다. 그는 바다로 고개를 돌렸다. 파르도를 제대로 작동시키려면 방해물이 없어야 한다고 했던 말이 떠올랐다. 그가 돌아가려면 바다로 다시 나가야 했다. 바람이 잦아들긴 했지만 파도는 여전히 날뛰어서 작은 배쯤은 한 방에 박살 내고도 남았다. 그렇게 위험천만한 일을 기철이보고 다시 하자고 할 수는 없었다. 나는 바닥에 있는 밧줄을 들어 올렸다. 그리고 기철이에게 말했다.

"어디다 걸어야 하지 않을까?"

기철이는 고개를 끄덕이고 배에서 뛰어내리더니 근처에 있는 바위로 헤엄쳤다. 바위에 올라선 기철이가 소리쳤다.

"밧줄 던져라!"

나는 들고 있던 밧줄을 기철이에게 던지는 대신 놓았다. 밧줄은 내 발밑에 떨어졌다. 기철이가 놀란 얼굴로 외쳤다.

"뭐꼬?"

"갔다 올게."

"얌마!"

기철이가 배로 돌아오려고 주위를 살피는 사이 나는 조종대를 붙잡고 그에게 말했다.

"꽉 잡아요."

등 뒤에서 기철이의 고함이 끝도 없이 이어졌지만 나는 돌아보지 않았다. 처음부터 이럴 생각은 아니었다. 하지만 언제부터인가 기철이를 위험에 빠뜨리면 안 된다는 생각이 들었다. 기철이가 조종대를 붙잡고 안간힘을 쓰고, 파도를 뒤집어쓰고, 쉴 새 없이 욕을 하는 걸 보며 나는 아줌마를 떠올렸다. 만약 아줌마가 이 꼴을 보면 뭐라고 할까. 기철이가 배를 타는 것만으로도 질색했는데 바다 한가운데서 죽기 살기로 버둥대는 걸 보면 어떤 생각을 할까. 아줌마는 무슨 수를 써서라도 기철이를 구하려 했을 거다. 바다에 맨몸을 던지는 한이 있어도 반드시 기철이를 구하려 할 거다. 유 형사가 기철이를 슬쩍 떠밀기만 했는데도 유 형사의 멱살을 움켜잡았던 아줌마다. 그러니 나는 기철이를 아줌마에게 무사히 돌려보내야 했다. 그리고 그도 에이야로 돌려보내야만 한다.

기철이가 하는 걸 눈여겨봤지만 배를 조종하는 건 쉽지 않았다. 그리고 파도는 내가 만만한 상대라는 걸 진즉에 알아차렸다. 파도는 배를 왼쪽으로 쏠리게 했다가 오른쪽으로 쏠리게 하고 위로 들어 올렸다가 아래로 패대기쳤다. 해변에서 가까스로 벗어난 배는 좀처럼 앞으로 나가지 못했다.

그가 내게 다가왔다. 그리고 푸른빛에 둘러싸인 손을 내 손 위에 포갰다. 그 순간 배가 빠르게 나아갔다. 사방에서 꿀렁대는 파도는 이제 배에 아무런 영향을 주지 못했다. 배는 평지를 달리는 자동차처럼 바다를 달렸다. 그렇게 한참을 달려 바다밖에 보이지 않게 되었을 때 그가 조종대에서 손을 떼고 배의 후미로 걸어갔다. 그가 내게 말했다.

"잘 있어."

그의 목소리는 여전히 멀리서 들리는 것 같았다. 나는 목소리를 잘 들으려고 그가 있는 곳으로 갔다. 바람 소리와 파도 소리가 요란했지만 배는 아무렇지 않았고, 나도 그처럼 똑바로 걸을 수 있었다. 그가 천천히 아주 천천히 내 어깨에 손을 얹었다. 나는 뭘 해야 할지, 무슨 말을 해야 할지 생각나지 않았다. 그가 말했다.

"내 이름은 스론이야."

나는 그의 얼굴을 바라봤다. 그리고 다음 순간 그를 껴안았다. 나는 아빠가 떠날 때 안아 주지 못했다. 그가 가만히 내 등을 안았다. 목구멍이 뻣뻣해서 말이 나오지 않았다. 나는 간신히, 정말 간신히 말을 했다. 아빠에게는 미처 하지 못한 말이었다.

"잘 가요."

오랫동안 목구멍에 걸려 있던 걸 내뱉은 것처럼 속이 후련했다. 그리고 마침내 내가 그를 놓아주자, 그도 나를 놓았다.

그가 손바닥을 내밀자 구슬에서 뻗어 나온 빛이 허공에 수많은 선을 그렸다. 빛으로 이루어진 선은 미로처럼 얽히고설키면서 완벽한 원형을 이뤘는데 마치 밤하늘의 별들이 입체적으로 펼쳐진 것 같았다. 그 가운데 그가 있었다. 그의 몸은 점점 밝아졌고 나중에는 몸 전체가 파란색으로 변했다. 조금 전까지 입고 있던 방수복도 보이지 않았다. 그의 몸은 미술관에서 볼 수 있을 것 같은 파란색 조형물 같았다.

잠시 뒤, 선과 점으로 만들어진 둥근 빛이 회전하기 시작했다. 느릿느릿 돌아가는 원은 조금씩 덩치를 키우더니 마침내 내가 타고 있는 배가 작은 공처럼 여겨질 만큼 커졌다. 푸른 점과 푸른빛으로 이루어진 선을 제외한 나머지는 허공처럼 보여서 거대한 투명 비치볼을 연상시켰다. 바로 그가 말하던 우주선이다. 우주선에 어떤 막이 형성되었는지 굵은 빗방울은 우주선 표면에 닿지도 못했다. 마치 비가 알아서 우주선을 피하는 것 같았다. 우주선이 떠 있는 바다의 수

면이 옆으로 넓게 물결쳤다.

그는 투명 우주선의 중심부에 똑바로 섰다. 잠시 뒤, 그가 나를 향해 손을 들었다. 진짜 마지막이었다. 나는 머뭇머뭇 한쪽 손을 들었다. 그의 미소를 보았다고 생각한 순간 우주선이 빠른 속도로 회전했다. 우주선 안쪽에 있는 그는 나를 마주한 모습 그대로였는데 회전의 영향을 받지 않는 모양이었다.

하늘과 바다는 온통 새까맸고, 비는 한 치 앞도 보이지 않을 만큼 퍼부었다. 나는 배에 물이 차는 것도 모른 채 우주선을 바라봤다. 거세진 빗줄기는 우주선과 내 사이에 커튼처럼 드리워졌고, 우주선은 점점 더 빨리 회전했다. 그 순간 우주선 아래 있는 바다가 소용돌이치면서 배가 우주선 쪽으로 끌려갔다. 나는 바닥에 주저앉아 뱃전을 붙잡은 채 우주선에서 눈을 떼지 않았다. 그때 눈부신 빛이 번쩍했다.

눈을 감았다 떴을 때 바다 끝으로 멀어지는 우주선이 보였다. 수평으로 나아가던 우주선은 어느 순간 하늘로 솟구쳤고, 그와 동시에 내가 탄 배는 해변을 향해 돌진했다. 마치 거대한 손가락이 배를 튕겨 낸 것 같았다. 나는 바다 위를 날아가는 배 위에 앉아 빗줄기를 뚫고 더 높이, 더 멀리 멀어지는 푸른빛을 바라봤다. 굴원의 시 마지막 행이 떠올랐다.

아득한 동쪽으로 가네.

어느새 푸른빛이 보이지 않았고, 배는 엄청난 속도로 뭔가와 충돌
했다.

"쾅!"

눈앞에서 세상이 흔들렸다. 아니, 세상이 아니라 내 머리가 흔들
렸다. 실제인지 착각인지 모를 기철이의 비명을 들으며 나는 아무것
에도 매이지 않은 맨몸으로 하늘을 날았다. 잠시 그가 나를 데려가는
건가 생각했지만 착각이었다. 나는 바다로 빠졌고, 그대로 정신을
잃었다.

마지막 이야기

나를 깨운 건 기철이의 욕이었다.

기철이는 죽은 사람도 일으킬 만큼 정신 사나운 욕을 퍼부었다. 눈을 껌벅이자 컴컴한 하늘이 보였다. 비와 바람은 느껴지지 않았다. 죽었나 했지만 그건 아니었다. 기철이가 내뱉는 욕이 저토록 생생한데 죽었을 리가. 나는 소리가 들리는 쪽으로 고개를 돌렸다.

녀석은 해변을 이리 뛰고 저리 뛰고, 제자리에서 펄쩍거리고, 주저앉았다가 벌떡 일어났다가 아주 난리도 아니었다. 그리고 욕과 함께 괴성을 질러 댔다. 한마디로 미친 고릴라가 따로 없었다. 기철이에게 가야 할 것 같아 몸을 일으켰는데 그때 몸 어딘가 끊어지는 느낌이 났다.

"악!"

내 비명을 듣고 기철이가 달려왔다.

"일어났나? 괜찮나?"

기철이가 정상으로 돌아와서 마음이 놓였다.

"나 좀 일으켜 줘."

기철이가 손바닥으로 내 가슴을 눌렀다.

"안 된다. 니, 팔 뿌사졌다. 그리고 이짝 팔은, 암만해도 빠진 것 같다."

나는 눈을 내리깔고 팔을 내려다봤다. 멀쩡해 보였는데 어쩐 일인지 움직일 수가 없었다. 기철이가 손가락으로 내 왼쪽 팔을 슬쩍 눌렀다.

"아!"

기철이 손가락이 쇠꼬챙이처럼 살을 파고들었다. 기철이는 의사 선생님처럼 말했다.

"이게 뿌사진 팔이다. 아까보다 더 부었다."

기철이가 이번엔 내 오른쪽 팔을 과감히 들어 올리더니 미련 없이 놓았다. 팔이 막대기처럼 바닥으로 툭 떨어졌는데 생각했던 것만큼 아프지 않았다. 기철이가 말했다.

"봤지? 빠진 기다."

기철이가 부러진 팔을 가리키며 말했다.

"이건 내가 안 그랬다."

그리고 빠진 팔을 가리켰다.

"미안타. 이건 내가 그랬다."

기막혔다. 너무 기막히면 웃음이 난다고 그랬다. 기철이가 목소리를 높였다.

"웃음이 나나? 내가 니 건지느라고 아주 쌩 고생을 했다. 그러느라고 팔이 빠진 기다. 그래도 목숨은 살려 줬으니께, 고마 퉁 치자."

내가 한숨을 내쉬자 기철이가 소리쳤다.

"니만 억울한 거 아이다. 저거 봐라. 저게 뭔지 아나?"

나는 기철이가 가리키는 곳으로 고개를 돌렸다. 아무것도 보이지 않았다. 기철이가 말했다.

"저기 내 배다. 완전 박살 났다 아이가."

그러고 보니 해변 여기저기에 널브러진 파편이 보였다. 또다시 웃음이 났다. 나는 기철이를 흉내 내어 말했다.

"그래도 목숨은 건졌다 아이가."

기철이가 짜증을 냈다.

"장난하나?"

이가 딱딱 마주쳤는데 일부러 그러는 게 아니었다. 몸속 깊은 곳에서부터 찬 기운이 올라오더니 순식간에 몸 전체로 퍼졌다. 곧이어 몸이 덜덜덜 떨렸는데 떨지 않으려고 아무리 애를 써도 소용없었다.

나는 이미 내 몸을 통제할 수 없었다. 기철이가 제 방수복을 벗어 내 몸을 덮었다.

"쪼매만 참아라."

기철이는 그렇게 말하며 옆에 놓인 비닐봉지를 뒤졌다. 나는 이를 딱딱 부딪치며 물었다.

"그, 그, 게, 뭐, 뭐, 뭐, 야?"

기철이가 진지한 얼굴을 했다.

"우리 목숨 줄."

기철이가 내 발밑으로 가고 얼마 안 있어 화약 타는 냄새와 함께 불꽃이 피어올랐다. 불꽃을 보는 것만으로도 따뜻한 느낌이 들었는데 1초 만에 다시 몸이 떨렸다. 불꽃이 다 타 버리자 "펑" 하는 굉음과 함께 막대기가 하늘로 솟구쳤고, 컴컴한 밤하늘에 커다란 꽃이 피어났다.

기철이가 플라스틱 상자에 챙겨 넣는 걸 보면서 대체 뭐에 쓰려는 걸까 생각했던 바로 그 불꽃 막대. 전부 세 개의 불꽃을 쏘았지만 제대로 터진 건 두 개뿐이었다. 기철이 몫으로 하나. 내 몫으로 하나. 우리 목숨이 거기 달려 있었다. 제법 크긴 했지만 누가 불꽃 따위를 보고 구하러 오겠나 싶었다. 정말로 아무도 오지 않을지도 몰랐다. 내가 이를 마주치며 물었다.

"안 오면 어떡하지?"

214

기철이는 손바닥으로 내 몸을 비볐다.

"보는 눈이 있으면 올 기다."

아프고, 무섭고, 슬펐지만 웃음이 났고 기철이가 옆에 있어서 다행이라고 생각했다.

하늘엔 달과 별이 보였다. 그가 별 무리 어딘가를 날아가고 있다고 생각하니 울컥했다. 기철이 얼굴이 바짝 다가왔다.

"니 우나?"

나는 목구멍까지 올라온 울음을 침과 함께 삼켰다.

"씨, 더럽게 아프네."

"사내가 아프다고 우나?"

"진짜 아프다고."

"그래, 울어라, 울어. 실컷 울어라."

나는 울어도 된다는 허락을 받기라도 한 듯 엉엉 소리 내서 울었다. 왜 운 건지는 잘 모르겠다. 다만 힘들었다는 생각만 났다. 나는 아빠를 보내고 섬에 혼자 남아 있는 동안 힘들었다. 기철이도 있고 아줌마도 있고 그도 곁에 있었지만 그래도 힘들었다. 아무에게도 말하지 못하는, 나조차도 그것이 슬픔인지 외로움인지 괴로움인지 모를 감정들에 휩싸인 기분을 매 순간 느꼈다. 하지만 이제 끝났다. 비로소 끝이 났다는 사실이 울음이 된 모양이다.

기철이가 팔을 뻗어 내 몸을 감쌌다.

"그래도 쪼매만 참아라."

나는 지금도 기철이의 믿음이 우리를 살렸다고 생각한다.

그날 그 해변, 차가운 모랫바닥에 누워서 나는 쏟아지는 잠을 이기지 못했다. 이가 부서질 정도로 떠는 것보단 잠이 드는 편이 좋았다. 기철이는 내 뺨을 두드리며 정신 차리라고 외쳤다. 그리고 제 손으로 내 얼굴을 비비고, 가슴을 비비고, 다리를 주물렀다.

남자들의 목소리가 꿈결처럼 들리고, 내 몸이 어딘가로 옮겨지고, 갑자기 따뜻함이 느껴지는 일을 겪는 동안의 기억은 가물가물했다. 하지만 기철이의 목소리만큼은 또렷이 기억났다.

"인마, 죽으면 안 된다."

우리를 데리러 온 건 해양 경비정이었다. 경비정이 떴다는 건 풍랑주의보가 해제됐다는 걸 의미했다. 풍랑주의보가 발령되면 선박은 떠도, 복원력이 나쁜 경비정은 아예 뜰 수 없었다. 나는 경비정에서 응급처치를 받고, 육지에 있는 병원으로 가서 부러진 뼈를 붙이는 수술을 받았다. 굵은 쇠심을 3개나 박은 거에 비하면 빠진 팔을 맞추는 건 일도 아니었다. 하지만 또 빠지는 것을 막기 위해 깁스를 했고, 결국 양쪽 팔에 갑옷을 입은 꼴이 돼 버렸다. 소식을 듣고 고모가 달려오기 전까지 기철이는 내 옆을 24시간 지켰다. 밥을 먹여주고, 옷을 갈아입히고, 화장실도 데려갔다.

216

병원에 있는 일주일 동안 우리는 딱 한 번 그에 대해 얘기했다. 기철이는 내가 탄 휠체어를 병원 마당에 세우고 물었다.

"그 사람, 잘 있겠제?"

나는 하늘을 올려다봤다. 파란 하늘에 은하수처럼 넓적한 구름 띠가 펼쳐져 있었다. 견우성과 직녀성은 은하수를 사이에 두고 마주하고 있었다. 나와 그의 거리는 그보다 훨씬 멀었다. 하지만 물리적인 거리는 아무 의미가 없다. 그는 여전히 내 가슴속에 있었다. 아빠처럼. 나는 작은 소리로 중얼거렸다.

"그 사람 이름은 스론이야."

기철이가 그의 이름을 되뇌었다.

"스론? 스론이라……."

기철이가 다시 휠체어를 밀었다.

"이름 보이 외계인 맞네."

우리는 사람들이 쳐다보건 말건 낄낄거리며 웃었다.

우리가 섬으로 돌아온 시각에 배 한 대가 선착장에서 출항 준비를 하고 있었다. 지난번에 봤던 그 경찰선이다. 우리가 쾌속선에서 내리자 경찰선을 타려는 사람들도 선착장으로 들어섰다. 그중에 유 형사도 있었다. 그를 본 순간 저절로 움찔했다. 그가 마음만 먹으면 멀쩡한 다리까지 깁스를 하게 될 거 같았다. 나는 그가 가까워질수록 입안이 바짝바짝 타들어 갔다. 기철이는 잔뜩 긴장한 얼굴로 내 옆에 붙어 방어 자세를 취했다. 유 형사와 우리의 거리는 점점 더 좁혀졌다. 그가 충분히 나한테 주먹을 날릴 수 있다고 생각된 순간, 기철이가 선수를 치며 앞으로 나섰다. 느닷없이 내 앞에 팔을 벌리고 선 기철이를 보고 사람들은 걸음을 멈췄다. 경찰 정복을 입은 사람이 의아한 표정으로 물었다.

"왜 그러니?"

유 형사는 고개를 돌리며 딴청을 피웠다. 뒤따라오던 고모가 다가와 물었다.

"무슨 일이야?"

기철이는 팔을 내리며 얼버무렸다.

"아니, 그게…….'

정복을 입은 경찰관이 유 형사를 돌아보며 물었다.

"아는 사이인가?"

유 형사는 고개를 갸웃거렸다.

"뭐 아는 얼굴이긴 한데 왜 이러는지는 잘 모르겠네요. 혹시……
너희도 그날 지구대에 있었니?"

그가 뻔뻔한 연기를 잘도 한다고 생각한 순간, 정복을 입은 경찰관이 딱하다는 얼굴로 말했다.

"애들은 그날 밤 섬 반대편에 있다 구조된 애들이야."

218

유 형사가 멋쩍은 얼굴로 머리를 긁적였다.

"아아, 어쨌거나 저도 어이가 없어서. 어떻게 그날 밤 일만 싹 잊어버릴 수 있는지. 나 원 참."

생각지도 못한 말이었다. 이곳에서 자신의 에너지가 어떤 식으로든 영향을 끼칠 거라던 그의 말이 떠올랐다. 그러니까 그날 밤 유 형사는 그가 쏜 푸른빛을 맞고 기억을 잃어버린 거다. 유 형사가 미간을 찌푸리며 말했다.

"그런데 그 사람 말이다."

나는 속으로 뜨끔했다. 유 형사가 뒷말을 이었다.

"나는 그 사람이 진짜 범인인 줄 알았거든. 그런데 뭐 이제 진짜 범인이 잡혔으니까. 어쨌거나 오해한 긴 미안히다."

나는 유 형사가 꾸몄던 음모를 떠올리며 마지못해 고개를 끄덕였다. 유 형사는 몇 걸음 걷다 돌아서서 말했다.

"반가웠다. 또 보자."

다정하게 손까지 흔드는 유 형사를 보며 고모가 물었다.

"저 사람 왜 저러니?"

기철이와 나는 동시에 어깨를 으쓱이며 모르겠다는 표정을 지었다.

그때 앞쪽에서 경찰관들이 수갑을 찬 남자를 데려왔다. 나는 그 남자가 어쩐지 낯이 익었다. 가까이 왔을 때 보니 그 사람은, 그날 밤 내가 지구대로 가면서 고양이 다음으로 마주쳤던 남자다. 남자는 그때처럼 검은 모자를 푹 눌러쓰고 있었다. 수갑을 찬 손등에 난 흉터도 그때랑 같다. 그러니까 그가 소문으로만 들었던 진짜 범인이었던 거다. 고모가 뒤에서 우리의 등을 떠밀며 가자고 했고, 그렇게 우리는 집으로 돌아왔다.

기철이는 하루가 지나기 전에 온갖 소식을 물어왔다.

우리가 초승달 절벽에서 본 불빛은 군부대의 지프차가 맞았고, 절묘한 순간에 차들이 철수한 건 반대편에 숨어 있던 진짜 범인을 찾았기 때문이라고 했다. 유 형사와 경찰 두 명을 가둔 사람이 누군지는 밝혀지지 않았다. 지구대 내부에 있던 CCTV에 담긴 영상이 모두 지워졌고, 기절했다 깨어난 유 형사는 횡설수설하며 도망간 그를 붙잡아야 한다며 난리를 쳤다고 한다. 하지만 진짜 범인이 잡히면서 유 형사의 계획은 모두 물거품이 됐다. 진범이 잡힌 이상 그는 범인이 아니었다. 사람들은 애꿎은 사람을 잡아들인 유 형사를 나무랐고, 이참에 형사를 때려치우라며 목소리를 높였다고 한다. 그 때문에 유 형사는 서울에서 조사를 받기 위해 경찰선에 올랐던 거다.

소리 소문 없이 사라진 그에게 사람들은 미안해했다. 외지에서 온 사람한테 몹쓸 짓을 했으니 섬이나 여기 사람들을 얼마나 원망하겠냐며, 그 마음을 풀어 주지 못하고 보냈으니 아마 다시는 오지 않을 거라고 애석해했다.

그와 더불어 나 역시 사람들 입에 오르내렸다. 나는 친구와 함께 바닷가에 나갔다가, 그야말로 운 좋게 살아 돌아온 녀석이 됐다. 마을 사람들은 죽은 아빠가 나를 지켜 줬을 거라고들 말했다. 나와 기철이는 아줌마를 안심시키기 위해 말을 맞췄다. 그날 밤 우리는 배를 탄 게 아니라 절벽을 기어 내려간 거고, 그러다 내 팔이 부서졌다고 말이다. 우리는 거기서 불꽃놀이를 할 계획이었다. 사람이 걸어서 갈 수 없는 곳에서 터져 오른 불꽃을 본 사람들이 신고했고, 그래서 경비정이 출동한 거다.

어느새 섬을 떠나는 날이 왔다.

고모와 나는 집을 처분하지 않기로 했다. 아빠의 유품도 그대로 남겨 두기로 했다. 기철이가 수시로 우리 집을 들여다보기로 했고, 나도 한 달에 한 번은 섬에 와서 지내도 좋다는 허락을 받았다. 나는 집을 나서기 전에 산수유나무에 별 하나를 달았다. 그의 별 에이야다. 아빠도 섬에 남았다.

나는 아빠를 보기 위해 고모와 절에 올랐다. 깁스를 풀었지만 아직은 부러진 팔에 통증이 느껴졌다. 나는 아빠의 유골이 담긴 도자기와 위패 앞에 향을 피워 올렸다. 가느다란 연기가 올라가는 걸 보며 절을 하고 고개를 숙였다. 그리고 속에 담아 두었던 말을 했다.

"잘 있어요, 아빠."

고모가 손수건으로 눈물을 찍어 냈다. 나는 고모를 가만히 안아 줬다. 고모가 내 등을 토닥이며 말했다.

"우리 주인이 다 컸네."

고모가 몰라서 그렇지 내가 고모보다 큰 지는 오래됐다.

선착장에는 기철이와 아줌마가 배웅을 나왔다. 내게 다가온 아줌마가 목소리를 낮추며 말했다.

"그 사람 말이다. 오해해서 미안했데이."

나는 웃음이 났다.

"괜찮아요."

그가 내게 '괜찮아'라고 하던 목소리가 떠오르는 바람에 벌써 그가 그리웠다. 기철이가 손가락으로 아줌마의 옆구리를 찔렀다.

"와? 살 떨린다카더니?"

아줌마가 펄쩍 뛰었다.

"내가 언제? 인상이 착해 보인다 그랬지."

고모가 궁금해하자 아줌마가 손을 내저었다.

"별일 아니라예."

나는 배에 오르기 전에 기철이에게 봉투를 내밀었다.

"내 전 재산이야. 배 사는 데 보태."

기철이는 봉투를 받지 않았다. 그리고 먼 바다를 보며 말했다.

"내는 이제 그란 쪼만한 배는 안 탈 기다. 무슨 일이 있어도 부사지지 않는 배를 탈 기다. 항공모함 같은 거 말이다."

녀석의 꿈에 비하면 내가 내민 봉투는 보잘것없었다.

"좋아. 대신 우리 집에 있는 만화책 다 너 해라."

기철이의 입이 헤벌쭉 벌어졌다.

고모와 나는 배에 올랐다. 나는 배 후미에 서서 멀어지는 기철이와 아줌마를, 선착장을, 마을을, 마을 뒤의 산을, 처마만 살짝 보이는 죽림사를, 그 앞에 둘러쳐진 대숲을, 그리고 곡옥도를 천천히 눈에 담았다. 모든 게 보이지 않을 때까지 나는 거기 서 있었다. 그리고 마침내 사방에 바다만 보이게 되었을 때 주머니에서 사진을 꺼냈다.

그와 내가 함께 찍은 사진인데 잘 나온 사진은 아니다. 나는 어리바리한 표정으로 입을 헤 벌리고 있고, 내 옆에 있는 그는 그냥 파란 빛으로 남았다. 하지만 나는 그 빛 속에서 그의 모습을 볼 수 있었다. 그의 짙은 푸른색 눈동자와 엷은 미소를 띤 입을. 그렇게 우주 어딘가를 유영하고 있을 그를 떠올릴 수 있었다.

나는 하늘을 올려다봤다. 살아 있는 모든 것은 우주로 간다던 아빠 말이 떠올랐다. 나는 구름 없는 하늘을 보며 마지막 인사를 했다.

"잘 가요, 아빠."

"잘 가요, 스론."

안녕, 나의 우주

초판 1쇄 발행 | 2021년 3월 31일
지은이 | 오시은
펴낸이 | 최윤정
만든이 | 한윤정 유수진 김지윤
펴낸곳 | 바람의아이들
디자인 | 이아진
등록 | 2003년 7월 11일 (제312-2003-38호)
주소 | 04001 서울시 마포구 동교로 17안길 43-4
전화 | (02) 3142-0495   팩스 | (02) 3142-0494
이메일 | barambooks@daum.net
제조국 | 한국
구독연령 | 11세 이상

www.barambooks.net

ISBN 979-11-6210-104-9 44800
ISBN 978-89-90878-04-5 (세트)